COLLECTION FOLIO

Marguerite Duras

Les petits chevaux de Tarquinia

Gallimard

à
Ginetta et Elio

Les personnages du roman passent leurs vacances en Italie, au bord de la mer, par une chaleur écrasante, à peine atténuée par le souffle du soir. Deux couples dont l'un a un enfant qui pourrait bien être le centre du livre, et qui ne savent plus très bien où ils en sont, des liens de l'amour. Tout est torpeur sur cette petite plage, même le drame qui vient d'y éclater (un jeune homme a sauté sur une mine de la dernière guerre) — même la tentation d'une aventure amoureuse.
Et puis il semble à la fin que tout va s'éclairer, sous le signe de ces fresques frémissantes : les petits chevaux de Tarquinia.

Marguerite Duras est née en Cochinchine où son père était professeur de mathématiques et sa mère institutrice. Elle fit un bref séjour en France pendant son enfance et ne quitta définitivement Saigon qu'à dix-huit ans.

Auteur de nombreux romans, de pièces de théâtre et de plusieurs films, parmi lesquels le célèbre *Hiroshima mon amour*.

Marguerite Duras est un des auteurs les plus originaux de ce temps. Son œuvre est pénétrée de la certitude que l'amour absolu est à la fois nécessaire et impossible. Comme le dit Sara dans *Les petits chevaux de Tarquinia :* « Aucun amour au monde ne peut tenir lieu d'amour. »

CHAPITRE I

Sara se leva tard. Il était un peu plus de dix heures. La chaleur était là, égale à elle-même. Il fallait toujours quelques secondes chaque matin pour se souvenir qu'on était là pour passer des vacances. Jacques dormait toujours, la bonne aussi. Sara alla dans la cuisine, avala un bol de café froid et sortit sur la véranda. L'enfant se levait toujours le premier. Il était assis complètement nu sur les marches de la véranda, en train de surveiller à la fois la circulation des lézards dans le jardin et celle des barques sur le fleuve.

— Je voudrais aller dans un bateau à moteur, dit-il en voyant Sara.

Sara le lui promit. L'homme qui avait un bateau à moteur, celui dont parlait l'enfant, n'était arrivé que depuis trois jours et personne ne le connaissait encore très bien. Néanmoins Sara promit à son enfant de le faire monter dans ce bateau. Puis elle alla chercher deux brocs d'eau dans la salle de bains et elle le doucha longuement. Il avait un peu maigri et il avait l'air fatigué. Les nuits ne reposaient personne, pas même les enfants. Les premiers brocs vidés il en réclama d'autres puis encore d'autres. Elle alla les chercher. Il riait sous l'eau fraîche, ressuscité. Une fois que ce fut fait, Sara voulut le faire déjeuner. Ici les enfants n'étaient jamais très pressés de manger. Celui-ci aimait le lait et le lait, ici, tournait dès huit heures du matin. Sara fit du thé léger et l'enfant le but machinalement. Il refusa de manger quoi que ce soit et se remit à son guet des barques et des lézards. Sara resta un moment à côté de lui, puis elle se décida à aller réveiller la bonne. La bonne grogna, sans bouger. Cela s'expliquait comme le reste, à cause de la chaleur, et Sara n'insista pas plus que pour faire manger l'enfant. Elle se doucha, s'habilla d'un short et d'une chemisette puis, comme ils étaient en vacances, elle n'eut rien d'autre à faire que d'attendre, assise à côté de l'enfant sur les marches de la véranda, l'arrivée de leur ami Ludi.

Le fleuve coulait à quelques mètres de la villa, large, décoloré. Le chemin le longeait jusqu'à la mer qui s'étalait huileuse et grise, au loin, dans une brume couleur de lait. La seule chose belle, dans cet endroit, c'était le fleuve. L'endroit par lui-même, non. Ils y étaient venus passer leurs vacances à cause de Ludi qui lui, l'aimait. C'était un petit village au bord de la mer, de la vieille mer occidentale la plus fermée, la plus torride, la plus chargée d'histoires qui soit au monde et sur les bords de laquelle la guerre venait encore de passer.

Ainsi, il y avait trois jours de cela, exactement trois jours et une nuit, un jeune homme avait sauté sur une mine, dans la montagne, au-dessus de la villa de Ludi.

C'était le lendemain de l'accident que

l'homme qui possédait ce bateau était arrivé à l'hôtel.

Trente maisons au pied de cette montagne, le long du fleuve, séparées du reste du pays par un chemin de terre de sept kilomètres de long qui s'arrêtait là, au bord de la mer. Voilà ce qu'était cet endroit. Les trente maisons se remplissaient chaque année d'estivants de toutes nationalités, de gens qui avaient ceci en commun que c'était la présence de Ludi qui les attirait là et qu'ils croyaient tous aimer pareillement passer leurs vacances dans de tels endroits, si sauvages. Trente maisons et le chemin macadamisé seulement sur cent mètres, le long des trente maisons. C'était ce que disait aimer Ludi, ce que disait ne pas détester Jacques, que ça ne ressemble à rien, que ce soit si isolé et sans espoir d'être jamais agrandi à cause de la montagne trop à pic et trop proche du fleuve, et c'était ce que disait ne pas aimer Sara.

Ludi y venait avec sa femme, Gina, depuis douze ans. C'était même là qu'il l'avait connue, il y avait plus de douze ans de cela.

— Les bateaux à moteur, dit l'enfant, c'est ce qu'il y a de plus beau au monde.

Il n'y avait que l'homme qui était venu ici par hasard, et non pas pour Ludi. Un matin il s'était amené dans son hors-bord.

— Un jour on ira sur ce bateau, dit Sara.

— Quand?

— Bientôt.

L'enfant était en nage. L'été était torride dans toute l'Europe. Mais c'était ici qu'ils le subissaient tous, au pied de cette montagne qui était trop proche, asphyxiante, trouvait Sara. Elle avait dit à Ludi :

— Je suis sûre que même l'autre rive doit être plus fraîche.

— Il y a douze ans que je viens ici, tu n'y connais rien, avait dit Ludi.

Jacques n'avait pas d'avis quant à la différence entre les deux rives. Pour Sara, il était évident qu'un vent frais devait y souffler toutes les nuits. L'autre rive était en effet plate pendant vingt kilomètres, jusqu'aux montagnes d'où étaient arrivés le lendemain de l'accident les parents du démineur.

Elle alla chercher de l'eau et mouilla le front de l'enfant. Il se laissa faire avec bonheur. Depuis trois jours, depuis l'accident, Sara évitait d'embrasser son enfant. Elle finissait de l'habiller lorsque Ludi arriva. Il était alors un peu plus de onze heures. Jacques dormait toujours et la bonne aussi. Dès l'arrivée de Ludi, l'enfant changea de jeu. Il se mit à faire des pâtés à l'endroit où elle venait de le baigner.

— Bonjour, dit Ludi, je suis venu te faire une petite visite.

— Bonjour, Ludi, tu devrais aller réveiller Jacques.

Ludi prit l'enfant dans ses bras, lui mordit l'oreille, le reposa par terre et alla dans la chambre de Jacques. Aussitôt rentré il ouvrit les volets.

— A quelle heure tu te baigneras si tu ne te lèves pas maintenant?

— Tu parles d'une chaleur, dit Jacques.

— Il fait moins chaud qu'hier, dit Ludi, très affirmatif.

— Quand tu finiras de te foutre de la gueule des gens.

Ludi ne souffrait pas de la chaleur, pas plus qu'un figuier, que le fleuve. Il laissa Jacques se réveiller et sortit jouer avec l'enfant. Sara se leva et se coiffa. Ludi parlait des charmes des bateaux à moteur qui vont aussi vite que les automobiles. Lui aussi il avait très envie d'aller sur le bateau de l'homme, comme l'enfant. En l'entendant, tout à coup, Sara se souvint de ce que Ludi avait dit d'elle. Il y avait maintenant huit jours de cela. Jacques le lui avait répété un soir à propos d'une dispute. C'était le lendemain de cette dispute insignifiante — sauf en ceci que c'était à son occasion qu'elle avait appris ce que Ludi avait dit d'elle — que l'accident était arrivé dans la montagne. Elle n'avait pas eu, avant ce matin, le loisir de penser aux paroles de Ludi à son propos. A cause de l'accident dans la montagne, et peut-être aussi à cause de l'arrivée de l'homme et de son bateau.

— Tu viens te baigner avec nous? demanda Ludi.

— Je ne sais pas. Au fait, ils sont toujours dans la montagne?

Pendant deux jours et trois nuits les parents du démineur avaient rassemblé les débris du corps de leur enfant. Pendant deux jours ils s'étaient entêtés, croyant toujours qu'il en restait encore. Depuis hier seulement ils ne cherchaient plus. Mais ils n'étaient pas encore partis, on ne savait pas très bien pourquoi. Les bals avaient cessé. La commune portait le deuil. On attendait qu'ils s'en aillent.

— Je n'y suis pas encore allé, dit Ludi, mais je sais par Gina qu'ils sont toujours là. Je crois que ce qu'il y a c'est qu'ils refusent de signer la déclaration de décès. La mère, surtout. Il y a trois jours qu'on lui demande de la signer, elle ne veut pas en entendre parler.

— Et elle ne dit pas pourquoi?

— Il paraît que non. Pourquoi tu ne viens pas te baigner avec le petit?

— La chaleur, dit Sara. Et ce chemin idiot, sans un seul arbre jusqu'à la plage. Je ne peux plus le supporter. Il me dégoûte, je ne peux plus le supporter.

Ludi baissa les yeux et alluma une cigarette sans répondre.

— Le seul arbre qu'il y avait, continua Sara, c'est celui de la place. Ils ont trouvé le moyen d'en couper toutes les branches. Dans ce pays, il est clair qu'ils ne supportent pas les arbres.

— Non, dit Ludi, c'est le macadam qui l'a tué, je te l'ai déjà dit. L'arbre est mort lorsqu'on a macadamisé la route.

— Le macadam n'a jamais tué aucun arbre, dit Sara.

— Si, dit sérieusement Ludi, c'est vrai. Je suis d'accord avec toi qu'ici ce n'est pas un pays spécialement pour les arbres. Pour les figuiers, oui, et aussi les oliviers, pour les petits lauriers, oui encore, pour les petits arbres de la Méditerranée, oui, mais pour les autres comme tu les voudrais, non, le pays, c'est trop sec. Mais c'est la faute de personne.

A son tour, Sara ne répondit pas. Jacques se levait. Il était dans la cuisine et buvait son café froid.

— Je bois le café et je viens, dit-il à Ludi.

— Remarque, continua Sara, peut-être que le macadam tue les arbres, c'est possible, mais alors il ne fallait pas en mettre au pied de cet arbre.

— Ils ne savaient pas. Les gens, c'est ignorants, par ici.

Ils restèrent un moment sans rien se dire.

L'enfant les écoutait. Il s'intéressait aussi aux arbres.

— J'ai vu le type dans son bateau, dit Ludi. Il le nettoyait, le nettoyait, là juste devant l'hôtel.

Sara se mit à rire.

— Mais c'est vrai que j'aimerais me promener dans ce bateau, dit Ludi en riant mais pas tout seul, avec vous tous. Il ajouta : Au fait, maintenant, on le connaît ce type. Hier soir il s'est amené aux boules, comme ça tout d'un coup, il a joué avec nous.

— Et alors? Tu lui as parlé de son bateau?

— Quand même, dit Ludi, on vient juste de faire connaissance.

— Moi, dit l'enfant, je vais me baigner avec papa et Ludi.

— Non, dit Sara, j'aimerais mieux que tu n'y ailles pas ce matin.

— Pourquoi? demanda Ludi.

— La chaleur.

— J'irai, dit l'enfant.

— Le soleil, c'est bon pour les enfants, ils le supportent très bien, dit Ludi.

— C'est vrai que j'exagère, tu iras si tu veux, dit-elle à l'enfant, tu feras ce que tu veux.

Sara avait pour Ludi une amitié telle qu'elle était toujours disposée à le croire, dans tous les cas. L'enfant la regardait, incrédule.

— Tu iras si tu veux, répéta-t-elle. Comme vous voudrez tous.

La bonne sortit de la maison. Elle se frotta les yeux énergiquement et dit très aimablement bonjour à Ludi. Les hommes l'émouvaient toujours, comme les chats, le lait.

— Bonjour, monsieur Ludi.

— Bonjour. Qu'est-ce que vous vous levez tard dans cette maison.

— Impossible de fermer l'œil avec la chaleur, alors forcément, on dort le matin.

Elle alla dans la cuisine et, à son tour, se servit de café froid. Jacques se douchait dans la petite salle de bains au fond du couloir. Ludi, assis sur les marches de la véranda, regardait ostensiblement le fleuve. Sara était assise à côté de lui et fumait, tout en regardant ce fleuve elle aussi. L'enfant fouillait dans les herbes du jardin pour essayer d'attraper un lézard.

— Alors, il joue bien aux boules? demanda Sara.

— Pas très bien. Mais je trouve qu'il est sympathique. Un peu... froid... comme ça, un peu silencieux, mais sympathique.

La bonne apparut à la fenêtre de la cuisine.

— Alors, qu'est-ce qu'on mange à midi?

— Je ne sais pas, dit Sara.

— Si vous ne savez pas, c'est pas moi qui saurais.

— On va à l'hôtel, cria Jacques de la salle de bains, moi je ne mange pas ici.

— C'était pas la peine de m'emmener en vacances, alors, dit la bonne. Et lui?

Elle montra l'enfant.

— Il mangera ici, cria Jacques.

— Non, dit l'enfant, je vais au restaurant avec les grands.

— Peut-être qu'on peut l'emmener, dit Ludi.

Ludi aimait beaucoup l'enfant.

— Non, dit Jacques, je veux qu'on mange tranquille.

— Vous lui achèterez du foie de veau, dit Sara; des tomates.

— Foie de veau, dit la bonne, comment est-ce que ça se dit par ici?

— *Fegato di vitello,* dit Ludi en riant.

Ludi riait facilement, Jacques était pareil.

— Jamais j'y arriverai, dit la bonne, avec leur parler de par ici. Faut que vous me l'écriviez.

— *Fegato di vitello,* répéta Ludi, je vais l'écrire.

La bonne vint sur la véranda avec un papier et un crayon qu'elle tendit à Ludi.

— C'est où que vous prenez la viande, vous autres? demanda Ludi.

— Je ne sais pas, dit Sara.

— Chez le charcutier, dit la bonne. Elle est meilleure que ce dingo qui a donné la caisse à savon aux parents du démineur.

Jacques sortit de la salle de bains, les cheveux mouillés, torse nu.

— Au fait, demanda-t-il, ils sont encore là?

— Encore, dit Ludi. C'est la femme, je crois, qui ne veut pas signer la déclaration de décès, le mari, lui, la signerait, c'est la femme qui s'acharne.

— C'est terrible, dit Jacques, de penser qu'ils arriveront bien à la lui faire signer quand même.

Il regarda Ludi, puis Sara, puis encore Ludi.

— Allez, viens te baigner, dit-il à Sara.

— Si j'y vais, ce sera un peu plus tard.

— Alors on s'en va, dit Ludi en se levant.

— Mais viens, dit encore Jacques.

Si insupportables qu'ils se trouvassent mutuellement, ces amis exigeaient toujours que chacun fût là, présent, avec les autres, même la nuit, le soir, aux parties de boules. Ce qui n'avait pas empêché Ludi de dire d'elle ce qu'il avait dit d'elle, ni Jacques, de l'admettre. Elle demanda à la bonne de chercher le chapeau de l'enfant. La bonne le chercha. Cela dura assez longtemps.

— Qu'est-ce que tu vas faire, demanda Jacques, si tu ne viens pas?

— Je vais lire. Ou bien ne rien faire.

Un temps passa.

— Et le chapeau?

— Impossible de le trouver, dit la bonne. Avec un gosse pareil, si vous croyez que c'est facile...

Elle sortit et cria à l'enfant :

— Et ton chapeau, où tu l'as foutu?

— Je sais pas, dit l'enfant.

— Il a quatre ans, dit Jacques, c'est vous qui devriez savoir où sont ses affaires, pas lui.

— Ce que j'en ai marre, dit la bonne.

— Quand même, dit Ludi, vous devriez pas supporter qu'elle parle comme ça tout le temps, à la fin c'est fatigant.

— C'est de sa faute à Sara, dit Jacques. Pourvu qu'elle lui fiche la paix, elle passe sur tout...

Sara se leva, entra dans la maison, chercha le chapeau. Elle le trouva très vite, en coiffa l'enfant.

— Alors, au revoir, dit Ludi.

Jacques ne lui dit pas au revoir. Ils s'en allèrent. Il lui sembla que la chaleur augmenta encore, d'un seul coup, dès leur départ. Pendant un instant elle resta là, sans rien faire, assise sur les marches de la véranda. Elle imagina l'enfant dans le soleil affreux et irrémissible du chemin de terre et elle s'effraya. Les enfants n'aiment pas mettre de chapeau et ils ignorent les méfaits du soleil. Et Jacques et

Ludi étaient ainsi faits qu'ils ne jugeaient pas indispensable qu'ils en aient un. Sara s'efforça de moins y penser, y arriva mal. Elle se décida enfin à prendre le livre qui traînait sur la table, celui qu'elle était censée être en train de lire, celui qu'elle sortait de la villa chaque matin. Il y avait déjà quinze jours, le lendemain de leur arrivée qu'elle l'avait commencé. Elle se mit à lire.

Elle lut jusqu'au moment où la bonne apparut, prête, pour faire les courses, dix minutes. La bonne avait un amoureux, un douanier de l'endroit, depuis maintenant quelques jours. Elle ne se plaignait plus que de la chaleur, plus jamais de l'endroit.

— Vous me donnez l'argent pour les courses, s'il vous plaît?

Sara alla chercher de l'argent dans la chambre.

— Ce soir, qu'est-ce que vous faites? demanda la bonne.

Sara dit qu'elle ne savait pas encore, que c'était trop tôt pour qu'elle le sût. Le problème se posait chaque soir, celui de la garde de l'enfant. Et la bonne avait cet amoureux, le douanier, qui n'avait de permission que le soir. Et le soir, tout le monde se couchait très tard pour profiter de la fraîcheur.

— Si je vous demande ça, dit la bonne, c'est que moi, ce soir, j'aimerais bien sortir.

— Puisque vous l'avez déjà décidé, je me demande pourquoi vous me demandez ce que je fais, dit Sara.

La bonne hésita.

— Et vous? demanda-t-elle.

— Je resterai.

— Comme ça tous les soirs, ça m'embête pour vous, dit la bonne gentiment.

— Ce n'est pas vrai, dit Sara, ça ne vous embête pas du tout.

— Puisque je vous le dis... C'est ces fameuses permissions, il les a que le soir.

— Quand même, dit Sara, ce soir j'aurai peut-être envie de sortir.

— On verra bien, dit la bonne, un peu plus tard.

Elle s'en alla. Sara et Jacques avaient de la sympathie pour elle, et même une sorte d'affection. Mais ils surmontaient souvent assez mal leur irritation à son propos. Tout le monde, à part eux deux, était contre elle. Elle avait beaucoup d'amants et à chaque rencontre qu'elle faisait sa crédulité revenait, parfaite, inaltérable. Ils l'aimaient bien pour cela et pour son insolence qui était non moins inaltérable, égale à elle-même avec le monde entier.

Dès son départ, sans attendre, Sara se remit à lire. La maison devint silencieuse. Mais les jardins tout alentour étaient déserts : depuis une semaine, les paysans ne les arrosaient que le soir. Et sur le chemin rien ne passait que les cars et de temps en temps, une camionnette, rien ne passait que du bruit et de la poussière. Et, entre-temps, seul le bourdonnement des frelons autour des fleurs dérangeait l'air épais, sirupeux, du matin. Et le soleil ne brillait pas, étouffé qu'il était par l'épaisse brume qui enserrait le ciel dans un carcan de fer. Il n'y avait rien à faire, ici, les livres fondaient dans les mains. Et les histoires tombaient en pièces sous les coups sombres et silencieux des frelons à l'affût. Oui, la chaleur lacérait le cœur. Et seule lui résistait, entière, vierge, l'envie de la mer. Sara posa son livre sur les marches de la véranda. Les autres étaient déjà dans la mer. Ou, s'ils n'y étaient pas, ils allaient s'y jeter d'une minute à l'autre. Des gens déjà heureux. Sara regretta la mer. Elle la regretta tant qu'elle ne prit même pas le temps de fermer la porte de la villa.

L'auto était garée sous un toit de joncs au bout du jardin. La manœuvre, pour sortir, était assez longue et difficile. Mais elle savait bien conduire les autos. En deux minutes, elle sortit l'auto et en cinq minutes elle fut sur la place de l'hôtel. Elle s'accola au mur afin d'avoir un peu de l'ombre des lauriers-roses sur le moteur. Là le chemin devenait une place au milieu de laquelle se trouvait précisément le platane mort dont on prétendait dans ses mauvais jours que ce n'était pas le macadam qui l'avait tué. Directement sur la place, donnait l'hôtel, les tonnelles de l'hôtel, la seule ombre véritable de l'endroit, là où tout le monde, à toute heure, se retrouvait, le lieu géométrique et nécessaire des vacances. Sara s'arrêta donc. Il était impensable qu'elle ne s'y arrêtât point, comme tout le monde, dix fois par jour. Elle alla sur la terrasse. L'homme y était. Ils se dirent bonjour. Puis elle contourna l'hôtel, elle alla sous les fenêtres de Diana et elle l'appela. Diana répondit qu'elle descendait tout de suite. Sara fut heureuse que Diana fût là. Elle ne pensa plus à ce qu'avait dit Ludi, mais seulement à la mer. Elle revint sous la tonnelle s'asseoir près de l'homme. Le garçon arriva. Elle commanda un expresso.

— J'ai vu passer Ludi, dit l'homme, avec votre mari et votre enfant.

— Et vous, dit-elle, pas de bain?

— Plus tard. Maintenant je vais faire un peu de bateau.

— Ah! oui! Elle demanda : en bateau, il ne fait plus chaud du tout?

— Plus du tout.

— Ça doit être extraordinaire.

Il y avait deux jours, le matin, à la même heure, alors qu'elle arrivait de la villa, il s'était aperçu qu'elle existait, brutalement. Elle l'avait compris à son regard. Et depuis deux jours, le matin, à cette même heure, elle avait avec lui des conversations de ce genre.

— C'est agréable, répondit-il.

Il la regarda, comme deux jours avant, avec une surprise pourtant moins contenue. Ils étaient seuls sous la tonnelle et entre leurs paroles le silence était presque aussi intense que dans la campagne. C'était un homme d'une trentaine d'années. Seul. Son bateau était magnifique. Personne encore des estivants n'était monté dedans. Ils en avaient tous très envie, surtout Ludi et l'enfant. La chaleur aidant, les vacances, chacun était assoiffé de la mer, de bains, de promenades en bateau. Car il soufflait dans cet endroit, en dépit des humeurs contradictoires de tous, un vent brûlant de vacances. Cet homme avait un corps fluide, un peu fragile même, et brun, fait pour la mer. Il était encore seul avec ce bateau. Lorsque, il y avait deux jours de cela, brutalement, il s'était aperçu de l'existence de Sara. Il continua ce matin-là à s'en apercevoir.

Il faisait très chaud, et ils étaient seuls ensemble sous la tonnelle. Sara trouva qu'il avait le regard avide et vert de la liberté.

— Si vous voulez, dit-il, je peux vous conduire à la plage en bateau.

Il y avait deux jours qu'il l'avait remarquée, mais c'était la première fois qu'il s'adressait à elle de cette façon.

— Une autre fois, dit-elle, j'attends Diana. A moins qu'on y aille avec Diana.

— Si vous voulez, dit-il après un temps.

— Mais il y a aussi la question de Gina, dit Sara. Il faudra que nous l'attendions et ça nous retarderait. Peut-être une autre fois.

— Tout est compliqué ici, dit-il en souriant.

— Oui, c'est un endroit infernal.

— Vous trouvez?

— Quelquefois, oui.

Elle se souvint de ce que Ludi lui avait dit.

— Alors, vous avez joué aux boules hier soir?

— Oui, j'étais allé faire un tour de ce côté-là et Ludi m'a invité à jouer. Je joue très mal.

— Vous aimez ça?

— Pas tellement.

— C'est une manière comme une autre de faire connaissance.

— Oui, une bonne manière même de faire connaissance.

— Vous les trouvez gentils?

— Très. Il la regarda : Alors, à quand cette promenade en bateau?

Diana arriva, elle sortit de l'hôtel en robe claire. Elle était belle. Elle embrassa Sara, dit bonjour à l'homme.

— Quelle chaleur, dit-elle.

— Quand? répéta l'homme.

— Quand vous voudrez.

Elle s'étonna un peu. Diana ne comprit pas.

— Ce soir?

— Si vous voulez... ou bien demain matin.

Il se leva, prit un sac de plage et s'éloigna.

— Peut-être qu'on se retrouvera à la plage, dit-il.

Il se dirigea vers son bateau.

— Qu'est-ce qu'il veut? dit Diana.

— Il voulait nous faire faire du bateau.

— Mais pourquoi pas? dit Diana.

Elle se retourna pour le rappeler. Sara l'arrêta. Décidément tout le monde voulait de ce bateau.

— Une autre fois.

— Mais pourquoi?

— Je ne sais pas, je préfère.

— Bon, dit Diana. Bitter campari?

— C'est trop tôt; il vaut mieux commencer un peu plus tard.

— D'accord. On y va? Où est le petit, avec Jacques?

— Oui, Jacques et Ludi, je n'ai pas voulu y aller en même temps qu'eux.

Diana la pressa de partir parce qu'elle la savait inquiète à cause de l'enfant. La plage était à dix minutes de là, mais ce matin-là la chaleur était telle que s'il n'y avait pas eu la question du petit, prétendirent-elles, elles seraient peut-être restées à l'hôtel. Il en était ainsi chaque matin. Elles se levaient quand Gina les appela. Gina était presque aussi grande que Ludi. Elle était très belle, et aussi à la manière de Ludi, sans fin, autant dans la colère, le désespoir, que dans la joie.

— Tu as vu cette espèce de Ludi?

— Il est à la plage avec Jacques. Tu viens te baigner?

— Pourquoi pas?

— Viens vite, dit Sara.

Gina demanda cinq minutes pour prendre son maillot de bains. Leur villa était à une trentaine de mètres de l'hôtel, mais elle ne se pressa pas. Diana et Sara se rassirent.

— Tu vas voir qu'on arrivera quand même à se baigner, dit Diana, mais avant, j'ai vraiment envie d'un bitter campari.

— Si on commence, dit Sara, on ne s'arrêtera pas, non.

Elles se turent. Diana regardait alternativement l'homme qui maintenant s'éloignait sur le fleuve dans le hors-bord, et Sara.

— Drôle d'endroit quand même, dit Sara.

— Oui, dit Diana. Elle ajouta : Tu as bien dormi?

— Pas beaucoup, personne ne dort bien, il n'y a qu'à voir les yeux des gens, le matin, comme s'ils étaient saouls. Mais le petit, lui, a bien dormi.

— Tant mieux, dit Diana. Elle ne regarda plus le hors-bord mais seulement Sara, très attentivement, et comme elle regardait toute chose, avec une inlassable et implacable intelligence.

— Ça ne va pas, dit-elle.

— Mais si, dit Sara.

— C'est cet endroit? toujours cet endroit?

— Il n'y a jamais que les endroits, dit Sara en souriant.

— Bien sûr, dit Diana.

— C'est comme pour toi, dit Sara. Je m'acharne sur cet endroit, mais qu'est-ce que ça veut dire?

— Voilà Gina, dit Diana. Elle ajouta : Elle a encore dû s'engueuler avec Ludi.

Elles s'en allèrent toutes les trois. Le chemin brûlait les pieds à travers les sandales, elles marchaient vite. Gina s'arrêta chez l'épicier qui avait donné la caisse à savon. Un enfant du village le remplaçait. Depuis trois jours, en effet, il passait ses journées avec les parents du démineur. Deux clients s'informaient de ceux-ci. Ce fut Gina qui répondit.

— Ils sont toujours là. Ils dorment là. Ça va tant qu'il ne pleut pas. Ils attendent que les gendarmes s'en aillent pour ficher le camp, voilà ce qu'il y a.

— Ils s'endormiront, dit Diana.

Elles s'en allèrent. Gina avait l'air préoccupée.

— Tu es encore allée voir les parents du démineur? demanda Sara.

— J'en viens, dit Gina. Elle ajouta : Pourquoi tu me demandes ça?

— Pour rien. Moi je ne pourrais pas, c'est pour ça.

— Tu es comme lui, dit Gina, s'il n'y avait que des égoïstes comme vous...

— Il faut bien qu'il y en ait, dit Diana, qui le peuvent, mais je préférerais que ce soit une autre que toi.

Gina haussa les épaules et ne répondit pas.

Il y avait sur la plage, très exactement, tous les estivants de l'endroit, une trentaine de personnes environ. Elles dirent bonjour à beaucoup d'entre eux. Elles étaient à différents titres, les femmes les plus populaires de l'endroit. En général elles étaient ensemble, ce qui ne satisfaisait pas la plupart des autres. Sara et Diana étaient de plus des femmes qui buvaient dix campari par jour, qui étaient étrangères. Gina, elle, ne buvait rien, mais elle était la femme de Ludi. Une femme qui faisait beaucoup parler d'elle — dans l'innocence et le plus grand naturel — et dont chacun s'arrogeait le droit de juger favorablement ou non l'attitude avec Ludi.

Jacques, Ludi étaient dans l'eau. Jacques faisait la planche et ne les vit pas arriver. Ludi les vit et fit à leur adresse de grands signes d'amitié. Son cri attira l'attention de Jacques qui lui aussi les appela. Le petit cherchait des crabes sous les rochers. Il tourna la tête lui aussi et continua à chercher avec une formidable attention. Il avait une écharpe sur les épaules. Sara alla à sa rencontre.

— C'est bien de chercher des crabes, dit-elle, mais il faut te baigner aussi.

— Mais laisse-le tranquille à la fin, dit Diana.

Gina n'avait pas répondu très vivement au cri de Ludi. Diana avait raison, ils avaient dû se disputer. Ludi et Gina, comme eux, se disputaient beaucoup. De longues querelles, impitoyables, qui empoisonnaient toute la plage, les nuits, les vacances. Elles allèrent se déshabiller derrière les rochers. Oui, des querelles de quatre sous, mais qui empoisonnaient la vie. N'empêche que Jacques était content qu'elle fût venue. Eux, il y avait sept ans qu'ils s'aimaient. Un même désir les unissait, toujours, également aux premiers jours. Diana attendait Sara. Elles descendirent ensemble des rochers. Peut-être qu'il n'y avait pas que l'amour et que le désir lui aussi pouvait se désespérer de tant de constance. Qui sait? Gina était déjà loin dans la mer. Diana et Sara y entrèrent à leur tour. Diana en courant, Sara prudemment.

— Quand même, il y a la mer, cria Diana.

Elle rit et fit un clin d'œil à Sara. Puis elle aussi, elle s'éloigna. Sara ne nageait pas assez bien pour les suivre, n'était-ce que pendant quelques brasses. Elle alla vers l'enfant qui cherchait toujours des crabes à l'extrémité de la plage.

— Viens dans la mer avec moi.

— Tu sais pas nager, dit l'enfant.

Elle alla à la rencontre de Jacques qui venait vers eux. Elle nagea quelques brasses, se releva, et renagea encore. Ludi, de loin, lui souriait. La mer faisait rire. Elle était si chaude qu'on aurait pu y rester facilement deux heures. Elle n'avait rien à voir, cette mer-là, avec aucune autre mer au monde. C'était la revanche de ceux qui aimaient cet endroit, de Jacques et de Ludi. Cette mer était irréprochable. Sara se mit sur le dos et se tint immobile. C'était là une chose qu'elle ne réussissait à faire que depuis quelques jours. La mer pénétrait alors dans l'épaisseur des cheveux jusqu'à la mémoire.

— Mais c'est bien, dit Jacques.

Il était arrivé à côté de Sara.

— Mais je ne sais pas avancer, dit Sara.

— Viens où tu n'as pas pied, c'est beaucoup plus facile.

— Impossible.

— Suis-moi, je resterai à côté de toi.

— Ça me fait devenir folle quand je n'ai pas pied.

C'était chaque jour la même chose.

— Non, dit Jacques, c'est que tu ne veux pas.

Il s'éloigna. Elle recommença à faire la planche. On ne voyait rien, sur le dos, que la montagne. Et au cœur de cette montagne, les murs blancs de la maison abandonnée où le jeune homme avait sauté sur la mine. Sara se redressa et chercha son enfant des yeux. Il était entré dans la mer et, les bras levés, avançait sans hésitation, dans sa direction. Elle alla vers lui en riant.

— C'est papa que je veux, dit l'enfant.

Jacques revenait. Sara l'appela et il vint à leur rencontre. Il prit l'enfant sur ses épaules et courut dans la mer. Ludi cria qu'il arrivait. La plage fut pleine des rires de l'enfant et des cris de Ludi.

Sara revint vers la plage et se mit sous un parasol pour ne pas perdre la fraîcheur du bain. Et pendant qu'elle était là, à surveiller le petit, l'homme passa au loin dans son bateau. Tout le monde le suivit des yeux. Il décrivit un très grand cercle sur lui-même. Cela dura dix minutes. Un si grand cercle que lorsqu'il atteignit l'horizon il devint un point sur la mer. Puis il revint, grossit progressivement, éteignit son moteur et s'avança lentement et silencieusement au milieu des baigneurs. Il ancra son bateau à une centaine de mètres de la plage et sauta dans la mer. L'enfant — Jacques l'avait ramené — comme tous les enfants de la plage, debout dans la mer, regardait le bateau, fasciné. Sara vit que l'homme reconnaissait son enfant parmi les autres et qu'il la cherchait sur la plage. Elle lui fit signe de la main. Il arriva près d'elle, ruisselant, lui demanda une cigarette, l'alluma, commença à fumer.

— Que la mer est bonne, dit-il enfin.

— On voudrait ne pas revenir, dit Sara.

— Vous ne vous baignez plus?

— Je vais y retourner. Elle ajouta : Elle est si bonne qu'on n'y résiste pas.

Il détourna la tête vers elle.

— J'ai déjà dormi dans la mer, dit-il, enfin, je veux dire que je suis presque arrivé à dormir dans la mer.

— Moi je ne pourrais jamais.

— C'est dommage que cela ne puisse pas s'apprendre. Sans ça je vous l'apprendrais.

Jacques revint vers eux. Il avait encore repris le petit sur ses épaules après avoir essayé de le faire nager. Il le déposa sur la plage, non loin de Sara et lui cria qu'il le lui laissait, qu'il allait se baigner pour de bon. Le petit regarda partir son père à la nage, comme un moment avant il avait regardé le bateau, fasciné. Son maillot de bain retroussé laissait voir ses fesses nues. Aux fesses nues de son enfant, Sara avait toujours ri. L'homme vit ce à quoi elle riait et il rit aussi.

— Vous avez un bel enfant, dit-il.

— Je ne sais pas, dit Sara. Elle le lui confia avec un sourire : depuis la minute où il est né je vis dans la folie.

— Cela se voit, dit-il doucement.

Il la regarda de la même façon que tout à l'heure à l'hôtel et Sara baissa les yeux.

— Ça se voit tant que ça?

— Oh! oui. Quand vous le regardez, tout de suite. C'est même quelquefois un peu... un peu difficile à supporter.

— Je sais, dit Sara en riant.

Le petit retourna tranquillement vers les rochers et se remit à chercher des crabes.

— On se baigne? demanda-t-il.

— Je ne sais pas bien nager, mais je veux bien.

Elle se leva et le suivit. Diana revint et elle lui confia le petit le temps de se baigner. Jacques à son tour revenait.

— Tu y retournes?

— Une minute, dit Sara, je reviens.

Jacques les regarda s'éloigner, hésita à y revenir à son tour et y renonça enfin. Sara fit quelques brasses aux côtés de l'homme, se mit sur le dos et resta ainsi, immobile. Elle ne voyait rien que le ciel et elle n'entendait rien. Puis, au bout de quelques secondes elle vit l'homme se profiler sur ce ciel. Il s'était mis debout à ses côtés. Il lui dit quelque chose qu'elle n'entendit pas. Il le répéta et au mouvement de ses lèvres elle comprit qu'il lui disait d'essayer d'avancer. Elle essaya et insensiblement elle avança vers la haute mer. L'homme la regardait en souriant et il lui dit que ce n'était pas mal, que c'était comme ça qu'il fallait faire. Elle s'arrêta brusquement, se rendit compte brusquement qu'elle allait vers la haute mer.

— Je ne peux pas plus, dit-elle.

— Vous avez peur. Ce n'est pas que vous ne savez pas nager.

— J'ai peur de la mer.

Il lui dit de recommencer, mais elle ne voulut pas. Alors il redemanda :

— Alors? quand la promenade en bateau?

— Peut-être demain matin?

— Demain matin.

Elle fit le mouvement de s'en aller, mais il ne bougea pas.

— Est-ce qu'il faut que je le propose aux autres?

— J'aimerais bien, dit Sara.

Il sourit.

— Bon, dit-il, après un temps; alors je le proposerai aux autres.

Ils revinrent à la nage, doucement, côte à côte. Tout le monde était là. Le ciel s'était un peu éclairci, comme chaque jour à cette heure-là.

— Ce n'est pas encore aujourd'hui qu'il va pleuvoir, dit Diana.

— Non, je ne crois pas, dit Gina.

— Je trouve qu'on se plaint trop de la chaleur, dit l'homme.

— Avec votre bateau, bien sûr, dit Ludi, vous n'en souffrez pas.

— Si vous voulez, dit l'homme, demain matin on peut faire une longue promenade.

Ludi eut l'air un peu décontenancé. Il était de nouveau de mauvaise humeur.

— Ou bien aujourd'hui, si vous préférez, dit l'homme.

— Non, dit Ludi, demain, pas aujourd'hui. Aujourd'hui, ce que j'aimerais faire, ce serait me promener dans la montagne.

Il regarda Gina. C'était à elle qu'il parlait.

— Il n'y a rien à voir dans la montagne, dit Gina.

— Quand même, dit Ludi, j'en ai envie. Depuis que ces gens sont là on ne peut plus respirer, je n'aime pas ça.

— Même s'ils n'étaient pas là, dit Diana en riant, personne ne respirerait. Et puis, qui aime ça?

— Si tu y vas, dit Jacques, je vais avec toi.

— Moi non, dit Gina, j'y vais assez comme ça dans la montagne.

— Personne t'y oblige, dit Ludi.

— Et même, dit Gina, je n'irais pas, je n'aime plus ce genre de promenades-là.

— Autrefois, dit Ludi, tu disais le contraire, que tu adorais te promener dans la montagne, comme ça, dans la chaleur et les abeilles.

— Ce n'est pas vrai, dit Gina, sur le bord de la mer, oui, mais pas dans la montagne.

Ludi sourit en silence, avec une ironie méchante.

— Pourquoi tu dis ça? cria-t-il, pourquoi?

— Parce que c'est vrai, dit Gina.

D'un seul coup elle fut en colère.

— Et même, cria-t-elle, même si autrefois j'ai aimé me promener dans la montagne et que maintenant je n'aime plus ça? Est-ce qu'on est obligé d'aimer toujours les mêmes choses parce qu'une fois dans sa vie, on les a aimées?

Ludi ne répondit pas. Il baissa les yeux. Jacques essayait de sourire.

— On devrait parler d'autre chose, dit Sara.

— Je ne sais plus, dit Ludi à voix basse, ce qu'elle aime encore.

— Qui veut prendre un bitter campari? demanda Diana.

Sara et l'homme le voulaient. Ludi et Jacques n'entendirent pas.

— Tu es ma femme, dit calmement Ludi. Je voudrais savoir pourquoi tu n'aimes plus te promener dans la montagne avec moi, c'est important pour moi de le savoir, voilà ce qu'il y a. Mais si tu ne peux plus me dire même une chose pareille, alors je te demande pardon, ne parlons plus de ça.

— Je n'aime plus ça, dit Gina. Elle hésita et ajouta : Et les gens qui aiment encore ça après avoir aimé ça pendant vingt ans me dégoûtent, me dégoûtent.

— Et l'Amérique, elle te dégoûte aussi?

— Je ne veux plus voyager, dit Gina. Je ne veux plus rien que crever.

— Viens prendre un bitter campari, dit Diana.

Gina se leva docilement et suivit Diana.

Sara et l'homme se levèrent à leur tour.

— Pourquoi l'Amérique? demanda l'homme.

— Ludi est invité en Amérique par des amis depuis cinq ans, dit Sara. Elle ne veut pas y aller. Elle ajouta en souriant : Je ne sais pas d'où vous êtes, mais par ici on aime beaucoup se mettre en colère.

Ils arrivèrent tous quatre au petit bar qui était à l'autre bout de la plage sur le chemin. Les bitter campari étaient frais et ils en burent tout de suite deux, l'homme aussi. Gina n'en but qu'un seul en faisant la grimace. L'homme s'éloigna vers la balustrade du kiosque.

— Depuis ce matin il me cherche, dit Gina, j'aurais pu dire n'importe quoi d'autre c'était pareil.

Elle s'affala le long du bar.

— Oh! que je suis fatiguée de cette vie que je fais avec lui.

— Bois un autre bitter campari, dit Diana. Je crois beaucoup au bitter campari.

Mais Gina le but avec une grimace, encore une fois.

— Tu ne vas pas me saouler pour un homme pareil, non? Ça ne vaut pas la peine. Ce n'est pas parce que je suis déjà vieille. Le jour où j'en ai assez, où il va trop loin, je pars, comme à vingt ans.

Elle ajouta plus bas :

— Ça il ne faut jamais l'oublier, toujours partir comme à vingt ans.

L'homme revint boire un autre bitter campari. Il avait l'air de se désintéresser du débat. Sara s'approcha de lui.

— Il y a des années que ça dure, expliqua Sara.

— Je sais, dit l'homme, on le dit dans tout le village.

— A chacune de leurs disputes, ils croient que c'est la dernière. Depuis des années.

— Mais quand on les voit ensemble, dit l'homme, même la première fois, ils ont l'air, je ne sais pas, éternels.

Il but son campari. Puis il la regarda encore, comme à l'hôtel le matin.

— Est-ce que vous êtes d'accord avec Gina dans cette histoire?

— On essaye de ne pas en faire une question de torts.

— C'est difficile, dit l'homme. On n'est pas des éléphants.

— C'est difficile.

— Alors, dit l'homme, demain on se promènera en bateau. Où vous voudrez.

— Peut-être derrière la montagne, dit Sara. Ludi parle tout le temps des falaises de Pointa Bianca. Alors j'y ai pensé.

— Où vous voudrez, dit l'homme, vraiment où vous voudrez.

Sara n'eut rien à répondre. Elle se leva pour rejoindre Gina et Diana.

— Vous autres, dit Gina, vous êtes jeunes, vous pouvez encore changer d'hommes. Et puis toi, dit-elle à Sara, tu as ce trésor-là. Elle montra le petit qui jouait dans la mer. Elles restèrent toutes les trois silencieuses à le regarder jouer. Ludi et Jacques discutaient. Elles n'entendaient pas ce qu'ils se disaient. Ludi criait et Jacques manifestement essayait de le calmer. L'homme, toujours seul sur la balustrade du kiosque était tourné vers la mer.

— Il faut que j'aille les voir avant de déjeuner, dit Gina.

Sara et Diana décidèrent de l'accompagner. L'homme dit qu'il attendait Jacques et Ludi. Sara cria à Jacques de ramener le petit à l'hôtel et de le confier à la bonne pour le déjeuner. Jacques aurait bien voulu aller dans la montagne, mais Ludi ne voulait pas y aller tout de suite et il resta avec lui. Elles n'avaient pas plus tôt contourné le kiosque que le petit arriva en courant. Il s'accrocha à Sara.

— Je vais avec toi.

— Ce n'est pas possible. Papa te fera des bateaux, dis-lui de te faire des bateaux. Elle cria à Jacques : Fais-lui des bateaux.

— Viens, cria Jacques, je vais te faire des formidables bateaux.

Mais le petit ne bougea pas. Alors l'homme descendit de sa balustrade, revint vers Sara et prit le petit par la main. Il regarda encore une fois Sara, d'une façon un peu prolongée, moqueuse — Diana vit le regard — et il emmena le petit vers Jacques.

Elles longèrent la rive du fleuve un petit moment, puis le chemin qui passait devant l'hôtel, puis peu après l'hôtel, Gina tourna à gauche, dans un sentier qui partait abrupt dans la montagne. C'était presque midi. Les arbouses bourdonnaient d'abeilles et toujours, à cette heure-là, la puissante odeur des cinéraires jetait de l'encens dans l'air. Le vent en général se levait plus tard, vers deux heures. Mais déjà, le ciel, comme chaque jour, se dégageait lentement de la brume, ce qui signifiait qu'il n'allait pas encore pleuvoir. Dans la montagne la chaleur était tellement sans recours qu'on la supportait presque mieux qu'en bas, qu'au bord de la mer. Là elle était face à vous, dans une hostilité loyale, sans appel.

— J'ai peur des abeilles, dit Sara.
— De quoi tu n'as pas peur, dit Diana.
— Marche derrière moi, dit Gina.
Elle se mit sur le côté et la laissa aller derrière elle.
— Il y a aussi l'angoisse du soleil, dit Diana. Je ne savais pas avant de venir dans ce pays.
— Ce qui lui faudrait, marmonna Gina, c'est une petite, très jeune, qui serait bien fière d'être avec ce grand homme. Moi je le connais trop. Et je n'en suis pas fière, ce serait plutôt le contraire. Une petite de vingt ans. Et moi je serais bien tranquille.
— Bien sûr, dit Diana. Et à ce moment-là tout commencerait vraiment. Et tout ce qui se serait passé avant ne compterait plus. Tu es stupide.
Gina s'arrêta, se dressa face à Diana.
— Stupide, je sais que je le suis, mais pas quand je parle de lui. Ça non.
— Si, dit Sara, surtout quand tu parles de lui.
— La connaissance conjugale qu'on a des gens, dit Diana, c'est peut-être la pire de toutes.
Gina hocha la tête, et elle continua à marcher avec son idée.
— Ce qu'il y a, murmura-t-elle, c'est que j'aime encore faire l'amour.
Ni Diana, ni Sara ne répondirent. Gina marchait vite, une chèvre, et elles avaient du mal à la suivre.
— Il y a certainement des trucs, des médicaments, je ne sais pas, moi, continua Gina, qui vous enlèvent ces envies-là...
Diana éclata de rire. Gina se retourna, sans rire.
— Vous pouvez rire, dit-elle, mais moi je

sais que lorsque je n'aimerai plus faire l'amour du tout, que ça m'aura passé, je serai bien tranquille.

— S'il n'y a que ça, dit Sara, tu peux toujours le faire avec d'autres.

— Non, dit Gina, changer, je n'ai jamais pu. Quand je suis avec un homme, je ne peux pas avec d'autres dans le même temps. Je n'ai jamais pu même quand j'étais très jeune, avec mon premier mari.

— C'est de la blague, dit Sara.

Gina se retourna. Elle avait des yeux admirables, du même vert que celui des cinéraires.

— Si tu n'aimes faire l'amour qu'avec un seul homme, alors, c'est que tu n'aimes pas faire l'amour, dit Sara.

— Je crois aussi, dit Diana.

— Vous, vous êtes des putains, dit Gina.

— Il me semble que je pourrais avec cinquante hommes, dit Sara.

— Toi peut-être, mais pas Diana, dit Gina.

— Moi, qui tromperais-je? dit Diana. Je crois aussi que pour pouvoir le faire avec beaucoup d'autres, il faut savoir ce que c'est que de le faire avec un seul pendant des années.

Elles arrivèrent à la maison abandonnée. Gina y venait chaque jour, parfois même, deux fois par jour, depuis trois jours.

Les parents du démineur, toujours en compagnie de l'épicier de l'endroit, étaient encore là, à attendre, à l'ombre des deux pans de mur. Devant eux il y avait une caisse à savon, de dimensions moyennes. C'était l'épicier qui l'avait donnée. Ils avaient rassemblé dedans tous les débris qu'ils avaient retrouvés du corps de leur enfant. La caisse était maintenant clouée. Il y avait dessus une bouteille de vin, des verres, du pain, un morceau de saucisson, et des oranges. Les vieux étaient assis par terre, face à elle, l'épicier un peu de biais. Les deux jeunes douaniers gardaient la caisse à vue, en attendant que les parents se décident à faire la déclaration de décès. Ils étaient assis par terre eux aussi, dans la pierraille noire de l'explosion, à l'ombre de l'autre pan de mur. Ils souffraient de la chaleur, engoncés jusqu'au cou dans leurs uniformes kaki auréolés de sueur aux aisselles. Sous leur casquette avachie, la sueur coulait en rigoles. Ils portaient des vieux mousquetons en bandoulière. L'ombre des murs était à cette heure-là si étroite qu'ils étaient assis avec les autres, face à la caisse à savon, comme des amis.

Les vieux venaient de la montagne, de l'autre côté de la plaine. Personne ne les connaissait. Leur fils non plus, personne ne le connaissait. Il était venu du Nord, tout en déminant, et il n'était pas encore arrivé au village lorsqu'il avait sauté sur la mine. Ce qu'on savait c'était qu'il avait vingt-trois ans. L'épicier, lui, tout le monde le connaissait. C'était le personnage le plus célèbre du village. Un homme d'une soixantaine d'années, veuf depuis deux ans. Un ami de Ludi et de Gina. Depuis que le jeune homme avait sauté sur la mine, ou plutôt depuis que les vieux parents étaient arrivés, il passait la majeure partie de son temps, de ses nuits même, près de la maison abandonnée, avec les deux vieux. Ça le changeait. Il n'aimait plus cet endroit où sa vie s'était déroulée tout entière, trop lente, trop longue. Du moins, c'était ce qu'il prétendait.

— Il a attendu quarante-cinq ans pour

exploser, dit Diana en l'apercevant, mais il a vraiment explosé.

C'était un homme très petit, mince, qui ne devait pas peser beaucoup plus lourd qu'un enfant. Mais ses yeux s'ensoleillaient à la moindre nouveauté. Il prenait plaisir à participer à toute chose, fût-ce même à cette grande douleur des parents du jeune démineur.

— Salut tous, dit Gina.

Ils répondirent tous en même temps, les douaniers aussi, sauf la vieille. Gina invectiva immédiatement les deux douaniers.

— Alors, toujours là à faire votre métier d'idiots?

— Si c'était que de nous, dit l'un d'eux.

— C'est ce métier imbécile, dit l'épicier. N'empêche qu'ils sont bien comme tout le monde, au fond. Pas plus méchants.

— Je sais bien, dit Gina.

Elles allèrent s'asseoir à l'ombre du mur. On leur fit un peu de place. La vieille femme aussi, elle se poussa un peu vers l'extrémité du mur. Elle devait être plus vieille que l'épicier. Ses mains étaient noircies de terre et de sang. Pendant deux jours et deux nuits, avec son mari, ils avaient fouillé dans les pierres et les orties de la maison abandonnée. Maintenant c'était fait. Elle se reposait, elle dormait, somnolait, presque tout le temps. Ses mains étaient restées salies parce qu'il n'y avait pas d'eau dans la montagne et qu'elle n'avait pas encore pu se les laver.

— Je vais vous faire porter des pâtes, dit Gina. De temps en temps, c'est nécessaire de manger quelque chose de chaud. Sans ça on tombe malade, et tomber malade, ce n'est jamais une solution.

La femme sourit et dit faiblement.

— Vous, vous avez des enfants.

— Pas moi, dit Gina, mais elle, oui, elle en a un.

Elle désigna Sara.

— Quel âge? demanda faiblement la femme.

— Quatre ans.

— Amour, dit la femme.

Tous la regardaient. L'épicier, lui, la regardait depuis trois jours comme un amoureux fou.

— Moi j'ai compris, avec les enfants, dit l'épicier. Autrefois, non, mais maintenant...

Quand on rentrait chez lui et qu'on lui demandait s'il avait par exemple du sel, ou autre chose, du cirage, il disait : « Pas de sel. Il y a longtemps que j'ai compris avec le sel. » Ou bien encore : « Non, mais qu'est-ce que vous croyez? Du cirage, moi? Il y a longtemps que j'ai compris avec le cirage. » Il ne vendait plus que des légumes, de la viande quelquefois, des denrées périssables qui s'en allaient tout de suite. Seul et vieux au milieu de ses étalages vides, il se frottait les mains de plaisir. C'était l'œuvre la plus claire de sa vie. Il ne se serait jamais cru capable de s'en foutre un jour à ce point-là.

— Lui aussi, dit le vieux, il a eu du malheur.

— Eh, lui, dit Gina, mais oui — elle se rattrapa — c'est vrai qu'il en a eu.

— Oui, dit l'épicier. On l'a trouvée morte sur le comptoir. La mort c'est toujours un malheur, toujours, même après la pire des vies qu'on a pu faire ensemble.

L'un des douaniers prit une orange sur la caisse à savon et il commença à l'éplucher. Le vieux tendit une autre orange à l'autre douanier.

— Prends-la, dit l'épicier. C'est pas ça qui te fera moins bien les garder.

— Si c'était que de nous, dit le douanier en question, vous le savez...

— Et les dames? dit faiblement la femme.

— Non, dit Gina, nous allons déjeuner.

— Je ne vois pas, dit l'épicier tout bas, où on aurait pu la trouver morte ailleurs que sur le comptoir. Elle le tenait agrippé, la pauvre, la pauvre petite.

La chaleur était extraordinaire. On suffoquait. Mais pas la femme, ni le vieux, ni même l'épicier. Gina regardait la caisse à savon, fixement.

— Ça ne peut plus durer longtemps, dit-elle tout bas, avec cette chaleur.

— Non, dit l'épicier, elle ferme bien. Et les rainures sont pleines de savon.

— Quand même, dit brusquement Gina à voix haute, ils ne peuvent pas rester là quinze jours, non?

Personne ne répondit. Les douaniers avaient l'air embêtés.

— Écoutez, dit Gina aux douaniers. Encore une fois, on paye tous les droits et vous leur foutez la paix.

— S'il n'y avait que les droits, dit le douanier, mais vous savez bien qu'il y a la déclaration de décès.

— C'est vrai, dit Gina.

Elle le dit tout comme si la vieille femme n'eût pas été là ou encore comme si cette déclaration n'eût pas dépendu d'elle.

— J'avais oublié, c'est vrai, reprit Gina, il y a la déclaration de décès.

— C'est obligatoire.

— Elle ne veut pas la signer, dit un douanier, même si on la lui apporte là, toute prête.

Son ton était gentil et compréhensif. La femme écoutait et regardait. Incapable de démêler cette impossibilité dans laquelle elle se trouvait de signer sa déclaration, elle regardait tour à tour et Gina et les douaniers.

— Alors, vous ne voulez pas faire cette déclaration? demanda Gina.

La femme hocha la tête en signe de refus.

— Si elle ne veut pas la faire, moi je ne la ferai pas, dit le vieil homme. Il ajouta : Puis, on a le temps.

— Elle en veut à la commune, dit le douanier. Ce n'est pourtant la faute de personne.

— Moi je la comprends, dit l'épicier. A sa place, je ne ferais pas de déclaration.

La femme le regarda, peut-être un peu déroutée, de son regard rougi par le soleil. Elle ne comprenait manifestement pas l'épicier qui disait la comprendre, elle.

— Une déclaration, dit doucement Diana, au fond, ce n'est rien. Un morceau de papier.

La femme ne dit rien et baissa les yeux. Gina lui prit la main et la caressa. La femme se laissa faire.

— Vous avez raison, dit Gina.

— Oui, complètement, dit Sara.

La femme commença à trembler. Sa bouche s'ouvrit comme pour reprendre souffle. Gina serra sa main.

— Mais quand même vous ne pouvez pas rester là tout le temps, dit-elle.

— Elle en veut à la commune, dit le douanier, c'est ça.

La femme fit non de la tête. Elle recommença à pleurer.

— Ne parlons plus jamais de cette déclaration, dit Diana à son tour.

— Moi je la comprends, dit l'épicier.

— Elle ne veut pas, dit le vieux doucement, mais elle ne doit pas savoir très bien pourquoi.

— N'en parlons plus, dit Gina.

— Trois, dit le vieux. Ça doit être pour ça.

— Je m'excuse, dit l'épicier, mais je ne crois pas que ce soit le bien que vous voulez tous lui faire qu'elle désire.

Gina tourna la tête vers l'épicier, confuse.

— Alors, il faut les laisser là quinze jours?

— Pourquoi pas? Et même plus encore, pourquoi pas? Tout le monde a le droit de souffrir comme il l'entend.

Gina ne répondit pas. Ludi, Jacques, et l'homme arrivaient sur le chemin. Pendant tout le temps que dura leur avance, personne ne parla. Gina tenait toujours la main de la femme dans la sienne. De l'autre main, la femme se moucha. L'épicier parla tout seul.

— Je comprends tout, dit-il, c'est curieux, depuis quelque temps surtout. Ça, je le comprends, je crois même que je pourrais comprendre plus encore. C'est un peu comme si j'étais devenu fou.

Lui n'était pas triste. Quand il vit les hommes sur le chemin, il leur fit un grand signe de la main. Il était évident que le genre de refus qu'opposait la femme l'exaltait.

— Salut, dirent Jacques et Ludi.

L'homme venait pour la première fois, il fit un signe de la main. Comme tous, il regarda la femme. La femme ne le vit pas.

— Elle ne veut toujours pas signer la déclaration de décès, dit l'épicier.

Les douaniers le regardèrent d'un air réprobateur. Et la vieille eut l'ombre d'un sourire dans les yeux, comme s'il se fût agi d'une histoire autre que la sienne.

— C'est très bien, dit Jacques très doucement à la vieille femme.

Ils s'assirent à l'ombre du mur. La femme se poussa encore un peu pour leur faire de la place. L'ombre du mur était, à cette heure-là, très étroite, et ils étaient serrés les uns contre les autres. Ils parlèrent de choses et d'autres pour ne plus parler de la déclaration. La vieille femme s'assoupit un peu. C'était une femme qui avait dû vivre sa vie près de la mer. Son odeur à elle s'était perdue avec le temps. Elle avait maintenant celle des grèves brûlantes fleuries de lichens morts.

L'homme la regardait, puis regardait la caisse, un peu pâle. Ses jambes repliées touchaient celles de Sara.

— Quand même, dit Ludi à voix basse, il n'était plus en colère contre personne, et quand la pluie va arriver? On ne peut pas devenir une pierre, même si on le veut de toutes ses forces. Un jour ou l'autre, il faut qu'on bouge.

La femme se réveilla. Elle leva la main très légèrement, en signe d'indifférence et de résignation.

— Qui sait? dit l'épicier.

— Non, dit Ludi, on ne peut pas.

— On verra, dit le vieil homme, quand la pluie sera là. Si elle ne veut pas la signer, je ne la signerai pas.

Il s'adressa à sa femme. Elle baissa les yeux. Elle était devenue une énorme puissance de refus et d'incompréhension. Sans doute avait-elle décidé de ne plus comprendre, comme d'autres décident de comprendre. Il n'y avait pas de différence. Quand on la regardait on pensait à la mer.

— Ça la repose plutôt, dit le vieil homme. Elle n'a pas envie de bouger. Si elle la signe, elle sera bien forcée de bouger, elle n'en a pas envie.

Jacques la regardait fixement comme si elle avait été le spectacle même de la beauté. Ludi et l'homme aussi.

— Pour moi, dit l'un des douaniers, jamais elle ne signera. Il ajouta tout bas à l'adresse de Ludi : Vous pourriez peut-être aller trouver le chef en bas et lui expliquer, peut-être qu'il comprendrait.

Mais on ne pouvait pas parler bas dans le silence de la montagne. Toute chose s'y entendait comme dans une conque. L'épicier entendit.

— Rien, dit-il. Il ne comprendra pas. Pas la peine de se déranger.

— Je crois moi aussi que ce n'est pas la peine, dit l'autre douanier.

— Et si nous on y va? dit Jacques, Ludi et moi?

— Rien, dit l'épicier. Il ne s'expliquera pas la chose parce qu'elle n'a pas été prévue au règlement. Il la taxera de folie ou de provocation. Il refusera.

— Ne vous dérangez pas, dit le vieux. On verra. Demain, après-demain... On a le temps.

Il s'adressa une nouvelle fois à sa femme. De nouveau, elle s'était assoupie et elle n'entendit pas.

— Et puis, dit le vieux, ils ne peuvent rien nous faire, ils ne peuvent pas nous tuer parce qu'on n'a pas fait de déclaration. Qu'est-ce qu'ils peuvent nous faire?

Chacun se tourna vers les douaniers. Aucun des deux ne répondit.

— Qu'est-ce qu'ils peuvent faire? demanda Gina. Dites-le.

— Empêcher qu'ils emportent la caisse, dit le douanier à voix basse.

La vieille se réveilla dans un sursaut. Elle se raidit et gémit faiblement.

— Non, ils ne peuvent pas.

— Non, dit Diana, ils ne peuvent pas. Assez avec cette déclaration.

— Oui, assez, dit Jacques.

Il y avait beaucoup d'abeilles et de mouches et d'insectes de toutes sortes dans la montagne. On les chassait de la main, constamment. Le vieux aussi les chassait encore un peu, de temps à autre, mais la vieille femme, non, plus. Ses mains en étaient couvertes, et son front. Dans des soubresauts, sans larmes, elle avait recommencé à pleurer. Gina lui reprit la main.

— Les pâtes, dit-elle enfin, vous les voulez à la sauce à la viande ou à la sauce aux vongole?

Le vieux parut embarrassé, même un peu gêné.

— Si vous les vouliez aux vongole, continua Gina, il y en a de toutes faites à la maison et je vous les envoie tout de suite au lieu de ce soir.

— Tout le monde aime les pâtes aux vongole, dit l'épicier.

— Non, dit l'un des douaniers, à la viande, oui, tout le monde, mais pas aux vongole. Ainsi, moi je ne les aime pas.

— Ça tombe bien, dit Gina. Alors?

— Ce n'est pas la peine, dit la vieille femme, elle se ravisa et montra son mari, ou bien alors pour lui, un peu, si vous voulez.

— Je vous les fais porter tout de suite, dit Gina, avec du vin.

Elle se leva. Les autres restèrent encore là une minute, à regarder la vieille, comme figés. La vieille vit que Gina se levait et fit un effort.

— L'enfant, c'est un garçon? demanda-t-elle à tout le monde.

— Oui, dit Jacques.

Elle réfléchit. Pendant qu'elle réfléchit personne ne parla. Mais elle ne dit rien de plus.

— Français? demanda le vieux.

— Oui, dit Jacques. Paris.

— Et la demoiselle?

— Anglaise. Londres.

— Moi je suis Italien, dit le vieux, mais elle est Espagnole. De Saragossa.

L'épicier se tourna vers l'homme. L'homme dit :

— Français aussi.

— Une fois, dit le vieux, il est allé à Marseille trois jours, chez des cousins.

— Amour, dit encore la vieille, toute à ses pensées. Elle s'assoupit encore.

Le soleil atteignit leurs pieds. Il brûlait. On entendait voler toutes les mouches de la montagne.

— Mais elle est malade à dormir tout le temps comme ça, dit Gina très bas.

— Non, dit le vieux, la santé, ça va. Elle est fatiguée, c'est tout.

Ils se levèrent. Ludi demanda à l'épicier s'il venait. L'épicier était indécis. Gina l'encouragea à rester.

— Il y a assez de pâtes pour trois, reste, tu

mangeras mieux ici qu'en bas, elle se tourna vers les douaniers, mais pas pour vous, dit-elle, les pâtes, quand même pas pour vous.

— On ne demande rien. Mais si c'était que de nous... vous le savez d'ailleurs.

— Quand on est jeune, on est bête, dit l'épicier, tous. L'imagination, ça vient plus tard, on croit le contraire, mais c'est faux.

— Et puis je ne peux pas donner quoi que ce soit à des douaniers, ajouta Gina, ce serait contraire à mes principes.

— Salut tous, dit Ludi.

Ils s'en allèrent. Ludi avait l'air soucieux, mais plus du tout en colère.

— Tu ne vas pas leur donner toutes les pâtes aux vongole quand même, non?

— On verra ce que je donnerai, dit Gina.

Ludi s'arrêta, désespéré. Dans le soleil, les bras levés, il faisait penser à un cheval. Il ressemblerait éternellement à un cheval.

— C'est impossible, dit-il, tu ne donneras pas tout.

— Si ça me plaît, je donnerai encore plus. Va manger à l'hôtel.

— Je suis fou des pâtes aux vongole, expliqua Ludi à Jacques, il y a de ça dans sa décision de tout donner à ces vieux-là.

Gina ne répondit pas. Elle avait pris le bras de Sara et la pressait de rentrer. L'homme marchait derrière avec Diana.

— Je peux le jurer, dit Ludi, que c'est parce qu'elle sait que j'en suis fou qu'elle a donné les pâtes aux vongole ce midi au lieu de ce soir. Tout d'un coup, elle s'est souvenue que j'en suis fou.

— J'en suis sûr aussi, dit Jacques. Il se mit à rire.

Gina quitta le bras de Sara. Elle se mit à siffloter, tranquille. Tout à coup, elle descendit en courant pour, annonça-t-elle, faire porter plus vite ces pâtes aux parents du démineur. Le sentier devint étroit. La brise se leva tout d'un coup et le soleil brilla de tous ses feux, comme une forge. L'homme marchait derrière Sara. Ludi parlait à Jacques de ses regrets d'avoir une femme pareille, sourde à tout argument. Jacques l'écoutait comme toujours. Sara entendait tout ce qu'ils se disaient. L'homme marchait derrière elle en fumant. Lorsqu'ils arrivèrent à l'hôtel, Jacques commanda des bitter campari. Ludi avala le sien tout de suite.

— Oh! que je n'aime pas ce goût qu'elle a pour toutes les vieilles gens du monde, dit-il.

Il le dit presque devant Gina qui était revenue de chez elle.

— Qu'est-ce qu'il a dit?

— Qu'il aime les pâtes aux vongole à la folie, dit Diana.

— Demain tu en auras d'autres, dit Gina, mais celles-là tu ne les auras pas.

— Ce n'est pas ce que je disais, dit Ludi, je disais que je n'aimais pas ce goût que tu as pour toutes les vieilles gens du monde.

— Alors, tu veux continuer, dit Gina en s'asseyant.

— Je préférerais que tu me trompes, à la fin, dit Ludi.

— Bitter campari, dit Diana, c'est magique.

— Oui, dit l'homme, j'aime de plus en plus ça.

Tout le monde en reprit, sauf Ludi.

— Non, je vais rentrer, dit-il, et manger ces pâtes aux vongole avant qu'elle les donne à ces vieux cons.

— N'y pense plus, dit Sara.

— Je ne suis pas sûr d'y arriver, dit Ludi.

— C'est fatigant, dit Diana, de vivre avec des enfants, l'enfance c'est beau, mais à la fin c'est fatigant.

Ludi essaya de rire mais Diana ne rit pas. Il s'en alla et Gina le suivit. Au moment où ils rentraient chez eux, le petit en sortit, suivi de la bonne. Il traversa l'espace ensoleillé en courant et arriva jusque vers eux.

— Comment se fait-il que vous soyez là? demanda Sara.

— Il a pas voulu manger à la maison, il a voulu manger chez Mme Ludi. Alors, comme vous lui laissez tout faire, je l'ai laissé faire.

L'enfant répandait une odeur de vongole.

— Il a mangé des pâtes aux vongole, non? demanda-t-elle à la bonne.

Tout le monde rit. Diana en était à son troisième bitter campari. Sara à son second. Jacques à son troisième aussi, comme Diana et comme l'homme.

— C'est ça, dit la bonne, des sortes de moules. Il a mangé comme un cochon.

— Tu as mangé comme un cochon? demanda Jacques au petit, en souriant.

— Il mérite une raclée, dit la bonne, il a foutu de la sauce plein la nappe.

— Il a eu raison, dit Diana, ils n'ont qu'à pas mettre de nappe. Une nappe ici, c'est de la folie.

— C'est M. Ludi qui y tient, dit la bonne, n'empêche que ce cochon-là il l'a salie.

Sara leva les yeux vers la bonne, intéressée, tout à coup. Elle tenait toujours le petit serré contre elle.

— Vous ne pouvez vraiment pas le souffrir, dit Diana.

Il y avait moins de colère que de curiosité dans sa voix. La bonne le comprit.

— C'est pas ça, madame Diana, dit la bonne, mais il n'écoute rien, rien, rien, jamais.

— Il n'a pas encore cinq ans, dit Sara.

— Ça n'empêche, dit la bonne, si vous continuez à le gâter comme ça, ça sera un beau voyou. C'est moi qui vous le dis.

— Si c'est vous qui le dites, dit Diana, alors, il faut vous croire.

— Je sais ce que je dis, dit la bonne, un voyou, rien de bon.

Sara regarda son enfant. Il écoutait la bonne de toutes ses forces. Lui aussi essayait de comprendre. Mais que pouvait-on voir au-delà d'une bouche pareille, si oublieuse d'elle-même, de joues lisses encore graissées de vongole, de cheveux parfumés de soleil, et d'yeux pareils où la colère dansait, dans un déchaînement encore aussi pur que celui de la mer? Le petit se débattit, rougit et se dressa contre la bonne.

— J'en veux plus, dit-il, c'est la plus méchante de tout ce qui existe.

La bonne hésita, puis se mit à rigoler tout en le fixant.

— Au fond, dit Sara, vous vous entendez.

— Non, dit Diana.

— Je peux prendre une heure? demanda la bonne.

— Prenez, dit Sara. Je ne vois pas pourquoi vous me demandez des permissions pareilles.

— Allez-y, dit Jacques. Votre douanier à la con il est toujours là-haut.

— Dites donc, dit la bonne, il est pas plus con que vous, non?

Diana rit, puis Jacques. Sara et l'homme aussi.

— Si, dit Jacques, sans doute plus que moi.

— C'est tout de même pas sa faute, dit la bonne, si cette vieille folle, elle veut pas signer sa déclaration. Lui, il fait que son devoir.

— Les gens qui font leur devoir, je les ai au cul, dit Jacques. Allez le retrouver, allez. L'épicier il vous traduira je t'aime mon amour.

— Ah! Ah! dit Diana en riant, c'est lui qui traduit?

— Comment voulez-vous qu'on fasse autrement? dit la bonne en riant aussi.

Elle rougit et s'éloigna. Elle avait fait deux pas et revint. Elle ne riait plus du tout. Elle dit à Jacques, d'un air profond et entendu :

— En tout cas, on m'y reprendra plus à venir à l'étranger avec les patrons.

Elle partit. Le petit se sauva dans l'hôtel et revint avec des bonbons. Jacques, Sara et Diana commencèrent à manger. L'homme alla à sa table et lui aussi il commença à manger.

— Faut la balancer, dit Diana, tu peux plus garder cette fille.

— Elle ne me déplaît pas trop, dit Sara, c'est pour le petit, elle peut plus le souffrir. Mais elle est sans servilité aucune, ça me plaît.

— C'est vrai, dit Jacques, mais on ne peut pas la garder.

— Elle n'était pas comme ça quand elle est arrivée, dit Sara. Elle a beaucoup changé, elle le sait et elle dit que c'est notre faute.

— Quand même, dit Diana, il faut la changer.

— Pour moi, je préférerais la garder, dit Sara. Je suis fatiguée de toujours chercher des bonnes.

— De quoi n'es-tu pas fatiguée? demanda

Jacques. C'est moi qui en chercherai une.

Ils sourirent à la même idée, tous les deux.

— Ce qu'il y a de bon dans ce pays, dit précipitamment Diana, c'est ce vin. Mais il faut le boire frais. Ici, à cet hôtel, il n'est jamais assez frais.

— On verra, dit Jacques, il ne faut pas se gâcher la vie, il se tourna vers Diana en souriant, mais pour le vin, c'est vrai. Je donnerais je ne sais quoi pour avoir du vin frais.

Le petit s'endormit au milieu du repas, la tête sur une table vide. Sara le transporta sur la banquette de l'auto. Quand elle revint, Diana parlait de l'homme.

— Si on l'invitait à prendre le café avec nous?

Jacques accepta. L'homme vint prendre le café. Ils parlèrent de la chaleur, de la mer, des chances de guerre dans le monde. Personne n'était d'accord avec personne sauf en ce qui concernait la chaleur et la mer. Sara et Jacques s'en allèrent très vite à cause de leur enfant. Ils le ramenèrent à la maison sans le réveiller. Comme d'habitude, Sara s'allongea à côté de lui. Elle pensa à l'inconvénient que présentait cet endroit pour les enfants et rêva à d'autres vacances où le sien se serait endormi dans une délicieuse fraîcheur. La chaleur était si grande qu'on aurait pu croire qu'il allait pleuvoir sans tarder, peut-être dans l'après-midi. Elle s'endormit dans cet espoir.

CHAPITRE II

Mais lorsqu'elle s'éveilla, le temps, encore une fois, s'était levé.

Elle n'avait dormi qu'une heure. Elle se leva doucement pour ne pas réveiller l'enfant qui dormait toujours. La bonne n'était pas encore rentrée. Jacques aussi dormait toujours. Il y avait deux heures que la bonne était partie. « Il faudrait peut-être que je change de bonne », se souvint-elle. Mais comme chaque fois que cette idée lui venait, elle se dit aussitôt que ce n'était peut-être pas la peine, qu'ils allaient peut-être quand même finir par se séparer et, quand on est seule, on n'a pas besoin de bonne. Elle seule ne nécessitait pas une bonne. Elle alla dans le jardin et s'assit sur les marches de la véranda. Déjà, les pêcheurs de la maison à côté s'en allaient. En file indienne, ils portaient les filets, les rames et les avirons vers les bateaux. La brise s'était levée. Maintenant elle soufflerait jusqu'à l'aurore. Elle était chaude, certes, mais elle séchait la sueur et la vie était plus supportable l'après-midi que le matin. Près de l'île, sur sa gauche, un pêcheur tout seul jetait son filet. Il le ramenait très lentement, tournait sur lui-même comme une ballerine et le jetait d'un seul coup : le filet se déployait, immense devant lui, immense vraiment par rapport à l'homme minuscule qui en disposait. Puis le pêcheur recommençait, lentement, toujours avec la même intelligence et la même patience. La troisième fois, il ramena quelques poissons. Ils brillèrent dans le soleil. Il revint à la mémoire de Sara d'autres pêcheurs qui, dans des fleuves gris, aux embouchures marécageuses, résonnantes de singes, jetaient leurs filets de la même façon sereine, parfaite. Il lui suffisait d'un peu d'attention et elle entendait encore les piaillements des singes dans les palétuviers, mêlés à la rumeur de la mer et aux grincements des palmiers dénudés par le vent. Ils étaient tous les deux, le frère et elle, Sara, dans le fond de la barque, à chasser les sarcelles. Le frère était mort.

C'était ainsi que devait se faire une vie. Sara croyait s'être faite à cette certitude et désirait s'y cantonner.

L'homme ramena encore une fois quelques poissons. Le frère était mort, et avec lui, l'enfance de Sara. Il devait en être toujours ainsi, et dans tous les cas, désirait croire, ce jour-là, Sara.

Jacques se leva. Elle l'entendit qui allait vers la salle de bains. Il fallait qu'elle aussi, elle aille à la salle de bains, qu'elle s'occupe de l'enfant, qu'elle aille à l'hôtel chercher Diana, Ludi, Gina. Ils avaient décidé de faire quelque chose en commun cet après-midi, elle ne se souvenait pas très bien quoi — à quelle plage? — mais quelque chose avait été fixé. L'idée d'aller à l'hôtel lui plaisait toujours. Elle aurait préféré être à l'hôtel qu'ici, dans la maison. Si elle avait pu, elle aurait vécu à l'hôtel. Car

Sara ne désirait plus les maisons à elle, les appartements, la vie commune avec un homme. Jeune, elle les avait désirés. Maintenant que c'était, croyait-elle, le moment de vieillir, elle aurait préféré que cela se passât différemment et que cette échéance se déroulât ailleurs, par exemple dans l'anonymat de l'hôtel. Jacques apparut sur le perron. Il mangeait du raisin. Tout de suite, il vit le pêcheur.

— Il a attrapé quelque chose?

— Pas toutes les fois. Deux fois seulement.

— Quelle chaleur, c'est à devenir fou.

Cette envie de vivre à l'hôtel n'avait rien à voir avec les sentiments que Sara avait pour Jacques, mais seulement avec ceux que personnellement elle s'inspirait, elle et la vie, depuis quelques années. Outre qu'elle croyait que c'était pour elle le moment de vieillir et qu'elle eût préféré que cela se passât ailleurs, loin de Jacques — car Sara en était quand même encore là, à croire que l'amour, lui, ne pouvait vieillir — elle désirait ardemment ne plus importuner personne avec son caractère difficile. A l'hôtel, elle n'en aurait fait souffrir personne. Et les caractères difficiles s'y épanouissent mieux qu'ailleurs en raison de cela même. Jacques était entièrement absorbé par la lancée des filets.

— Mais alors, qu'est-ce que j'aurais envie de pêcher, dit-il.

Il en est des caractères difficiles comme des autres. L'envie vous en vient parfois de les faire s'épanouir. L'hôtel est fait pour cela.

— Il faut aller les rejoindre, dit Jacques. On a rendez-vous sur la grande plage.

— Elle n'est pas rentrée et le petit dort toujours. Je ne peux pas y aller.

— On n'a qu'à l'emmener, c'est facile. Viens.

— Je peux très bien aller à la petite plage pour une fois.

— Mais non, le soir, il vaut mieux aller à la grande plage.

Il regarda encore le pêcheur qui venait de ramener des poissons.

— Puis j'aime bien me baigner avec toi, dit-il.

— Pour ce que je sais nager.

— Quand même. J'espère toujours que tu y arriveras. Il ajouta : Je me demande pourquoi ce pêcheur-là reste toujours au même endroit — il en montra un autre sur la gauche — ça fait quatre fois qu'il n'attrape rien.

— Tu devrais lui apprendre à pêcher, dit Sara.

Jacques se tut une minute, puis demanda :

— Qu'est-ce qu'il y a encore?

— On ne devrait pas dormir l'après-midi, dit Sara.

— Qu'est-ce que tu as? demanda-t-il doucement.

— Rien. Je n'aime pas cet endroit. Ce sont des mauvaises vacances.

— Ce n'est pas vrai. Les vacances sont ce qu'on veut bien en faire. A quoi ça te sert l'expérience, si à ton âge tu ne sais pas ça?

Encore une fois, il vint près d'elle.

— Ce qu'il y a, dit-il, c'est que tu veux que ces vacances soient mauvaises.

— Peut-être.

— Et tu veux que j'en sois responsable, que Ludi en soit responsable. Parce que tu n'oses pas te dire ces choses-là.

Il s'assit près d'elle, sur les marches de la véranda.

— Ce que je voudrais savoir, dit-il, c'est pourquoi tu tiens tant à ce que ces vacances soient mauvaises.

Sara regardait vers le fleuve. Le pêcheur ramena un poisson. Jacques le vit lui aussi.

— Pourquoi? demanda-t-il.

— Je ne sais pas.

— Tu ne veux pas le savoir ou tu ne le sais pas?

— Il me semble qu'il faudrait dix ans pour l'expliquer.

— Je sais, dit-il. Tu peux vivre comme ça des mois, sans jamais te demander des choses comme celles-là.

— Je ne peux pas supporter la chaleur.

— Je sais, dit-il, ni Ludi.

— Quelquefois, je crois que je n'aime plus Ludi.

— S'il suffit qu'il ait dit ça sur toi, une fois, dans la colère, pour que tu ne l'aimes plus, alors tu ne l'as jamais aimé.

— Qui sait? Peut-être que je ne l'ai jamais aimé.

Il la prit dans ses bras et la souleva.

— Je t'en prie, dit-il.

— Je vais venir à la grande plage.

Elle s'échappa de ses bras et se dirigea vers la salle de bains. Il la rattrapa.

— Tu t'ennuies? C'est ça?

Elle ne répondit pas.

— C'est ça ou autre chose?

— C'est ça. Je m'ennuie, dit Sara.

— Moi aussi, je m'ennuie beaucoup, dit-il. Il ajouta : Et de quoi t'ennuies-tu?

Elle se redressa et essaya de lui sourire.

— Je ne sais pas très bien non plus, peut-être d'un homme qui n'aurait pas admis ce que Ludi a dit de moi.

— Et si c'était vrai? demanda-t-il après un temps.

— Alors il fallait te demander pourquoi c'était vrai.

A son tour, il ne répondit pas.

— Ce sont des prétextes, dit-il. Tu mens en ce moment.

Il parlait pour lui tout seul, sans attendre de réponses.

— Ludi était d'humeur à le dire. J'étais d'humeur à te le répéter. Tout cela ne signifie rien. Tu le sais d'ailleurs très bien.

— Je ne le sais pas toujours. Il suffit d'un rien pour que je l'oublie.

— Il y a des moments comme ceux-là, dans la vie, dit-il, où on veut croire les choses définitives, non?

— Sans doute.

Il la prit contre lui et l'embrassa.

— Je n'aime pas quand on doit deviner tout seul ce que peuvent bien avoir les gens, dit-il. Les gens qui ne vous aident pas...

— Pourquoi chercher à savoir pourquoi ils sont tristes et le reste?

— Le jour où ça ne m'intéressera plus, ça voudra dire que je ne t'aimerai plus.

Elle se dégagea de ses bras et elle demanda en souriant :

— Alors, c'est quoi?

— Cette fois-ci?

— Oui.

Il hésita un peu.

— C'est rien de neuf, dit-il. Tu en as marre de moi.

Il se mit à rire. Elle rit avec lui.

— Comme moi de toi, ajouta-t-il. On n'y peut rien.

Il la prit de nouveau dans ses bras.

— Et, ajouta-t-il, même s'il y avait autre chose, est-ce que tu crois que je serais assez sot pour te le dire?

— Je ne te connais pas tellement, dit Sara.

Il ne dit rien pendant quelques minutes, avec elle dans ses bras et ses yeux sur le fleuve, vers les lancées des filets.

— Allez, viens. Ludi nous attend.

Il la lâcha et montra le pêcheur sur la gauche.

— Ça y est, il en a eu.

Des poissons bleus brillaient dans le filet du pêcheur. Il y en avait pas mal.

— Tu vois, dit Sara, qu'il savait ce qu'il faisait.

— Il en a eu tout un banc, dit Jacques. Il ajouta plus bas : Ce que j'aimerais pêcher dans ce fleuve... Ludi n'aime pas ça, c'est dommage.

— C'est pas une raison, dit Sara.

Une fois les poissons ramenés dans la barque, il s'en distraya.

— Allez, viens, répéta-t-il. Il hésita et dit : D'abord, tu n'en as peut-être pas autant marre que tu crois, même de moi, ensuite, depuis le temps qu'on le dit, si on doit vraiment se séparer, ce n'est pas la peine de commencer si tôt à se gâcher la vie avec ça.

— Il n'y a pas de doute, tu as le caractère heureux, dit Sara.

— Oui, dit Jacques.

Il alla réveiller doucement l'enfant et le lui amena dans les bras. Ils l'aspergèrent d'eau fraîche.

— J'aime pas quand il dort trop, dit Jacques, ça l'abrutit. Quand il est abruti, je l'aime moins.

— Moi je l'aime encore plus, dit Sara.

L'enfant écoutait, complètement indifférent. Jacques lui parla des lézards et il s'anima aussitôt. Sara alla se doucher et s'habiller. Elle mit un short, une blouse blanche. Jacques lui cria d'essayer de bien se coiffer. Elle se coiffa avec soin, elle l'eût fait d'ailleurs, de toute façon, ce jour-là. Quand elle sortit de la salle de bains, la bonne était revenue.

— Me voilà, vous avez besoin de moi?

— Non, dit Sara, on va à la grande plage. Alors, quoi de neuf là-haut?

— Rien. C'était la relève à cinq heures, alors je suis descendue. C'était pas la peine, à ce que je vois, si vous repartez.

— Non, dit Sara, mais vous avez quand même une heure de retard.

— Même que j'en aurais dix? Puisque j'ai rien à foutre.

— Si on n'était pas allés à la grande plage, dit Jacques, on aurait eu besoin de vous pour le garder. Elle ne veut toujours pas signer la déclaration?

— Non. Puis il y a cette espèce d'épicier qui l'encourage à pas la signer. Vous me direz ce que vous voudrez, cet épicier, il est fou.

— Et il dit pourquoi il ne faut pas qu'elle la signe?

— Pensez-vous. Il dit simplement qu'il comprend, que lui, à sa place, il ferait comme elle. Moi, à la place du chef, comment que je les forcerais, comment.

— Comment? dit Jacques. Il avait un peu pâli de colère.

— Je sais pas, dit la bonne, le ton de Jacques lui fit peur, je ferais semblant de voler la caisse.

Si vous croyez que c'est une vie pour les jeunes qui les gardent.

— Vous êtes effrayante, dit Sara, quelquefois on pourrait vous croire méchante.

La bonne leva vers elle un regard un peu anxieux, puis elle se reprit :

— J'aime pas les gens trop personnels, dit-elle, ils n'ont qu'à faire comme tout le monde, c'est pas une raison parce qu'on est dans le malheur...

— Vous êtes bête, dit Jacques. Elle a fait comme tout le monde toute sa vie, pendant soixante ans, et le mieux possible, elle s'est appliquée à faire comme tout le monde, le mieux possible, et maintenant, tout d'un coup, elle n'en a plus envie. C'est son droit ou c'est pas son droit? Dites-le une fois.

— Je sais pas, dit la bonne ébranlée. Mais quand même, c'est pas une raison.

— Allez avec vos douaniers, dit Jacques, et foutez-nous la paix jusqu'au dîner.

— On m'y reprendra, dit la bonne, à venir dans un bled comme ça, avec les patrons, après plus moyen de s'en aller, faut attendre. Quelle merde, quelle merde quand j'y pense. J'aurais dû m'en douter.

— Allez, dit Jacques, conciliant, il est gentil le douanier, quand même, non?

— Comprend pas un mot de français, dit la bonne, puis ça m'avance à quoi dans la vie?

Elle rentra dans la maison et eux s'en allèrent le long du fleuve. Le pêcheur était toujours là, inlassablement, il jetait son filet. Après chaque coup, il ramait pendant cinq mètres, puis il le jetait de nouveau. Jacques s'arrêta pour le regarder. Mais ils n'en parlèrent pas.

— C'est vrai, dit Sara en souriant, ce qu'elle a dit, d'être avec nous, comme ça, enfermée ici, ça doit être une drôle de situation.

— Bien sûr, dit Jacques, mais elle dit des choses justes presque toujours. Sauf lorsqu'elle se retrouve petite-bourgeoise comme avec les parents du démineur. Mais — il sourit — au fond, qui n'est pas enfermé avec qui?

Il l'enlaça encore une fois. Puis ils parlèrent du pêcheur, de la pêche.

— Quand même, dit Jacques, je voudrais bien pêcher une fois. On pourrait y aller avec Ludi, dans les rochers de Pointa Bianca.

— Ludi n'aime pas pêcher, dit-elle, mais on pourrait y aller tous les deux. J'aimerais mieux pêcher dans le fleuve que dans la mer, je ne sais pas pourquoi.

— Moi aussi, mais il faut un permis pour pêcher dans les fleuves. Moi aussi j'aime mieux les fleuves. C'est peut-être parce que les fleuves c'est fait pour les attentes tranquilles, pas la mer.

— Moi, dit l'enfant, ce que je voudrais, c'est pêcher dans la mer avec le bateau à moteur. Avec papa, et Ludi, pas maman.

— En ce moment, dit Sara, il ne m'aime pas beaucoup.

— Je l'aime ce monsieur-là, dit l'enfant, et beaucoup, son bateau il est formidable.

— Mais qu'il est bête! dit Jacques. Si tu l'aimes, nous on t'aime plus.

— Pourquoi? demanda le petit.

— Pourquoi? demanda Sara.

— Comme ça, dit Jacques, en regardant Sara.

Chez Ludi il n'y avait plus personne. A l'hôtel non plus. Le bateau de l'homme n'était pas amarré au petit ponton.

Ils attendirent le passeur qui était de l'autre côté du fleuve. Le temps s'était de nouveau couvert et il y avait là des gens, de l'autre rive, qui parlaient de la pluie. Cependant, il y avait toujours cette petite brise qui soufflait du sud. Le petit descendit sur la rive du fleuve et Sara le suivit. Jacques parla avec la bonne de Gina, une belle fille de vingt ans qui, elle l'avait remarqué, ne lui déplaisait pas. Puis le passeur arriva. La traversée n'était pas longue. Il y avait deux jeunes gens dans la barque, qui se plaignirent qu'il n'y eût plus de bal depuis deux jours, qui étaient venus dans l'intention de s'amuser et qui ne s'amusaient pas du tout. Le passeur leur expliqua que c'était parce qu'un homme avait sauté sur une mine, dans la montagne, là, au-dessus de l'hôtel, à l'endroit du mur blanc, entre les deux figuiers. Mais les jeunes gens le savaient.

— Et s'ils restent là huit jours, à le veiller? Pas de bals pendant huit jours?

— Ils recommencent ce soir, dit le vieux passeur. C'est le douanier chef qui a ordonné de recommencer les bals. Je n'ai pas d'avis. Bal ou pas, ça n'empêche rien, remarquez, ni de souffrir, ni d'y penser.

— Comment il est ce douanier chef? demanda Jacques au vieux.

— Je ne le connais pas très bien. Il se méfiait des jeunes gens. Il n'est pas très parleur. Il prend son métier au sérieux, c'est un bon chef douanier à ce qu'on dit.

— La douane, c'est une vocation, dit Jacques. Il se tourna vers Sara : On doit connaître, à découvrir cinquante paquets de Camel au fond d'une barque, une joie très particulière.

— Pour ce qui passe par ici, dit le passeur, des cigarettes, comme vous dites, et puis de temps en temps, des fiasco de chianti, ou un petit moteur de bateau..., rien.

— C'est vrai qu'une vocation rentrée de douanier, ça fait un peu plus peur que les autres, dit Sara.

Les jeunes gens se mirent à chanter. Ils arrivèrent. Jacques bavarda encore un petit moment avec le vieux puis ils prirent le chemin de la plage. Il y avait pas mal de circulation de ce côté-là du fleuve parce que plusieurs routes le desservaient, et en particulier une très grande route nationale, qui passait à sept kilomètres de là. Des motos passaient en trombe, en soulevant des nuages de poussière. Les jardins et les vergers, de part et d'autre du chemin, en étaient poudrés. Ils s'arrêtèrent au petit bar qui était juste avant la plage pour y boire un campari.

Tout le monde était arrivé sur la plage, y compris l'homme dont le bateau était là, ancré près du bord, et tous les estivants de l'endroit. Cette plage était immense, elle partait de l'autre bout de la plaine, du pied de la montagne et arrivait au fleuve — cinq kilomètres — sans le moindre accident dans sa courbe. De loin, les groupes d'estivants se comptaient. Ludi vint à leur rencontre en galopant, toujours comme un cheval. Il prit le bras de Sara.

— Tu es bien jolie.

— Il y a comme ça des jours, dit Sara.

Le petit s'accrocha au short de Ludi. Celui-ci lâcha le bras de Sara et le prit sur ses épaules.

— Je le connais tellement, ce petit, dit

Ludi, qu'un jour, je le sais, je ne pourrai pas m'empêcher de le manger.

— Mon Ludi chéri, dit le petit.

— Vous avez encore dormi comme des cons, dit Ludi, vous êtes en retard, mais enfin pas plus que d'habitude. Mais tu as vu, il rit, maintenant on vous connaît et on ne vous attend plus.

— Il y avait le pêcheur, dit le petit, je voudrais avoir un poisson.

— Pourquoi tu les aimes tellement les poissons?

— Je sais pas. J'aime les poissons encore plus que toi.

— Salaud, dit Ludi. Je leur dirai, aux poissons que tu es un salaud. C'est mes copains, les poissons, et moi je sais leur parler.

— C'est pas vrai, dit le petit.

— Il y a là ce Monsieur Jean, dit Jacques.

— Ah oui, dit Ludi, j'oublie de te dire, on est venu en bateau avec lui, Gina, Diana et moi.

— Il doit être bien content, dit Jacques, depuis le temps qu'il nous cherche. Alors, ça t'a plu? C'était bien?

— Extraordinaire. Il se tourna vers Jacques : Mais tu sais, il est sympathique, ce type. Les premiers jours j'avais peur, je croyais qu'il était là à vouloir me poser des questions, mais non, il ne m'en a pas posé.

— Peut-être qu'il est sympathique, dit Jacques, tout est possible, mais son bateau me dégoûte.

— Il conduit très bien ce bateau, tu peux pas savoir. Je sais pas pourquoi je trouve que c'est un homme pour Diana. Depuis hier j'ai cette idée-là, j'attends un peu ça pour Diana.

— Tu te trompes, dit Jacques.

— Et pourquoi pas? pour les vacances, comme ça? C'est triste les vacances sans homme pour une femme comme Diana.

— Je ne dis pas, dit Jacques, bien sûr que c'est triste, mais il ne se passera rien entre Diana et ce type. Il hésita à dire quelque chose et ne le dit pas. Tu verras, tu peux attendre dix ans. Dis-moi, et les pâtes aux vongole?

— Elle a tout donné jusqu'au dernier vongole. Je me suis battu pour en avoir au moins deux, mais elle n'a pas voulu m'en donner même deux. Mais quand même, oui, quand même, elle me plaît bien cette femme-là, même quand je la déteste.

— Je comprends, dit Jacques.

— Oui, elle ne cesse jamais de me plaire, même quand je pourrais l'étrangler. Sur le bateau, elle ne voulait pas en avoir l'air, mais elle était très contente. Elle était très belle aussi, avec ses yeux.

— Tant mieux si ça lui a fait plaisir, dit Sara.

— Elle qui n'est pas menteuse, elle peut mentir, continua Ludi.

— Tout le monde peut mentir, dit Jacques, heureusement.

— Elle qui n'est pas méchante, elle peut être féroce, continua Ludi. C'est drôle.

— Et qu'est-ce que tu as mangé à la place des vongole? demanda Jacques.

— Des petites choses sans importance, une courgette frite. Il ajouta tristement : Mais aujourd'hui, j'ai mal mangé, je pensais trop aux vongole.

— Ce que tu peux être emmerdant avec la nourriture, dit Sara, c'est incroyable.

— Le jour où je m'intéresse plus à la nourriture, je travaille plus, c'est sûr. Il se mit à rire mais de façon un peu contrainte.

— Quand même, dit Jacques, peut-être que tu t'intéresses trop à la nourriture, Ludi, un peu trop. Je ne dis pas qu'il ne faille pas s'y intéresser. Je me méfie des gens qui mangent n'importe quoi, mais toi...

— Mais la nourriture, c'est symbole pour moi, cria Ludi.

— Bien sûr, dit Jacques. Quand même, c'est pas toujours symbole. Il rit et Ludi aussi.

— Diana est avec Jean, dit Sara.

Jacques se retourna vers Sara et sourit.

— Toi aussi tu espères qu'ils vont coucher ensemble?

— J'espère toujours qu'elle finira par coucher avec n'importe qui, c'est ça.

— C'est beau l'amitié, dit Jacques, mais c'est vrai que moi aussi je l'espère.

— Elle fait tellement bien la cuisine, continua Ludi, que c'est elle qui m'a rendu comme ça. Maintenant c'est foutu pour moi de ce côté-là. J'aime bouffer comme je ne sais pas quoi.

Gina était dans la mer, assez loin avec deux femmes de l'hôtel. Les autres parlaient ou jouaient au ballon. Il y avait pas mal d'enfants, chaque couple en avait au moins un. Le petit les rejoignit en courant. Ils étaient tous tout nus, alignés le long de la mer, attendant les petites vagues qui venaient avec le soir, à l'heure où le soleil atteignait les cimes des montagnes. Gina cria à Sara de venir se baigner avec elle. Mais elle était beaucoup trop loin et Sara rejoignit Diana. Diana s'était déjà baignée. Elle était étendue, encore en maillot de bain, à côté de l'homme. L'homme aussi s'était baigné. Ils avaient dû se baigner ensemble.

— Je vais me baigner et je reviens, dit Sara, histoire de l'avoir fait.

Elle enleva sa blouse et son short. Jacques et Ludi étaient déjà dans la mer. Elle y pénétra lentement. Ludi devant elle gesticulait en criant qu'il avait froid. C'était le seul qui, en cet endroit, parlait d'avoir froid. Sara y pensa encore en le voyant, rapidement, comme par acquit de conscience. La mer était d'autant plus chaude, contrairement à ce que disait Ludi, que le soleil baissait. Elle fit quelques brasses avec Jacques, nagea sur le dos, puis resta immobile dans la mer. Jacques s'éloigna, tête baissée, vers le large. Elle revint vers Diana. Elle s'essuya mais elle garda son maillot mouillé pour avoir plus longtemps la fraîcheur du bain. L'homme la regarda s'essuyer en souriant. Elle sut, à ce regard, qu'il ne se passerait rien entre lui et Diana. Diana ne le remarquait pas plus qu'un autre de la plage.

— Tu n'es pas restée longtemps dans l'eau, dit Diana.

— Pour ce que j'en fais, dit Sara.

— Moi je voudrais bien y vivre.

— Tu parles... Elle ajouta : Ça ne va pas très bien?

— Tout le monde a ses petits ennuis, dit Diana, mais ça pourrait aller plus mal.

— C'est peut-être une question de décision, dit l'homme en souriant.

— Je n'y avais pas pensé, dit Diana. Elle ajouta : Tu sais que Ludi n'a pas eu un seul vongole?

— Je n'aurais pas cru, dit l'homme, j'aurais

cru qu'à la dernière minute elle lui en aurait donné.

— Jacques, qu'est-ce qu'il en pense? dit Diana.

— Il ne l'a pas dit. Sara s'adressa à l'homme : Qu'est-ce qu'en pense un homme? Qu'est-ce que vous en pensez?

— C'est-à-dire, dit l'homme. Il rit.

— Oui, c'est ça exactement, dit Diana.

— Je vois, dit Sara.

Ils se mirent à rire de bon cœur.

— Peut-être qu'elle ferait mieux de le tromper, dit Diana, que de le priver de vongole.

Ni l'homme ni Sara ne relevèrent. Au loin, l'enfant se détacha du groupe des autres enfants et entra dans la mer.

— Ce petit fou va se noyer, dit Sara.

Ils regardèrent.

— Mais non, dit l'homme en regardant Sara. Elle hésita puis elle se leva quand même, entra encore une fois dans la mer et ramena le petit sur la plage. Il se laissa faire. Elle l'essuya longuement, s'essuya à son tour, puis de nouveau s'assit près de Diana. A cette heure-là, dans cette plaine ouverte à tous les vents il faisait presque doux.

— Ce qu'il fait bon, dit Diana en s'étirant.

Sara prit une cigarette dans le sac de Diana. L'homme la lui alluma.

— Alors vous êtes venus dans le bateau? dit Sara. Ludi était très content. Depuis le temps qu'il louchait dessus.

— Ludi est un enfant, déclara tout à coup Diana. Dans le bateau il poussait des cris à faire peur.

— Et qu'est-ce qu'il a mangé aujourd'hui? demanda l'homme.

— Des petites courgettes frites, rien.

— Je me demande ce qui pourrait bien attrister Ludi, dit l'homme.

— L'hiver, dit Sara.

— J'ai déjà entendu dire que Ludi était si enfantin qu'il ne devait avoir aucune idée en tête, dit Diana.

— Par des gens qui avaient des idées?

— Qui en étaient pourris, dit Sara.

— Est-ce que Ludi a une idée sur cette idée-là?

— Aucune. Il en est bien content, c'est tout.

— Et les gens qui viennent de loin pour l'interroger, qu'est-ce qu'ils en tirent?

— Rien, dit Sara. Il leur dit : Vous savez, moi, j'ai aucune idée sur rien.

— Ah! que ça me fait plaisir de le connaître, dit l'homme.

— Alors, dites-moi, dit Diana, que peut bien penser un homme de cette histoire de vongole?

— Que la littérature se fait aussi bien avec des vongole, dit l'homme.

— C'est profond ce que vous dites là, dit Diana, mais autrement?

— Diana tiendrait beaucoup à le savoir, dit Sara.

— Oui, énormément, dit Diana.

— Je voudrais bien vous faire plaisir, dit l'homme, mais... pas grand-chose, vraiment.

— J'aurais cru, dit Diana.

Ils se mirent à rire encore une fois de bon cœur. Devant eux le bateau d'acajou se balançait doucement sur la mer. Jacques et Ludi revenaient de leur bain en bavardant. Diana, qui s'était relevée, s'allongea de nouveau. L'homme fumait. Le soleil avait disparu derrière les montagnes maintenant. Les crépuscules étaient rapides à cette latitude-là. Le ciel était aussi bleu que la nuit, mais encore lumineux.

— Quelles vacances, dit Diana.

— Oui, dit Sara, mais le plus beau c'est qu'on recommence toujours à les prendre. Tu recommenceras l'année prochaine. Et moi aussi.

— Pas d'homme, dit Diana. Ils sont tous d'une abominable fidélité.

L'homme s'était levé et ramenait son bateau plus près de la plage. Elles le regardaient.

— Ce qu'il y a, c'est que tu es trop difficile, dit Sara.

— Qu'est-ce que tu crois? Elle désigna l'homme, des yeux : Qu'il est intelligent? demanda-t-elle.

— Même les plus grands de tes philosophes sont d'accord sur ce point qu'il est nécessaire de se retremper de temps en temps dans l'inintelligence du monde.

— Je te demande ça sérieusement, dit Diana. Sans rire, qu'est-ce que tu crois?

— Je me demande pourquoi tu as besoin de moi pour le savoir.

— Dis-moi quand même, dit Diana.

— Je ne sais jamais le dire toute seule, dit Sara. C'est toujours Jacques qui trouve ces choses-là à ma place.

— Ce que je sais, dit Diana, c'est que jusqu'ici je n'ai jamais couché qu'avec des hommes aux idées claires et que ça ne m'a pas réussi. C'est des hommes qui ne savent ni la portée ni la signification de l'amour.

— Qu'est-ce que c'est que la portée et la signification de l'amour? demanda Sara.

— Mais précisément, comment veux-tu que je le sache? dit Diana en riant. Elle ajouta : Au fond, tu vois, la littérature, c'est une fatalité comme une autre, on n'en sort pas.

— C'est bien pratique, la fatalité, dit Sara.

— Mais on peut parler quand même, dit Diana.

L'homme était toujours loin, à s'occuper de son bateau.

— Quand même, c'est vrai que l'intelligence, chez moi, c'est une fixation comme une autre, reprit Diana.

Elle resta un moment silencieuse, un sourire sur le visage.

— Tu veux revenir en bateau avec nous? demanda-t-elle enfin.

— Je ne demande pas mieux, dit Sara. Pense un peu à ce bateau, dis-toi qu'il est magnifique.

— J'aurais beau me le répéter pendant huit jours, dit Diana, tu le sais très bien, ça servirait à rien.

— Au fond, c'est toi l'emmerdeuse, dit Sara.

L'homme revint en même temps que Jacques et Ludi. Ludi montra un point de la montagne :

— Le feu! cria-t-il.

Il ajouta à l'adresse de Diana et de Sara :

— Voilà le feu pour vous faire plaisir.

Diana et Sara se relevèrent. Au loin, à une dizaine de kilomètres, un point de la montagne rougeoyait dans le crépuscule bleu. Une fumée noire en jaillissait, courbée par la brise.

C'était loin mais comme le vent venait presque toujours de la terre, il semblait que la direction que prendrait le foyer était celle de la mer, donc du village.

— Le feu, répéta Diana en souriant. Elle fit un clin d'œil à Sara.

— Il n'y a que cette petite route, dit Sara, et la montagne. Il ne manquait plus que le feu.

Gina s'approcha. L'homme s'était rassis près de Diana et regardait lui aussi la montagne.

— Ça ne gagne pas vite, dit Gina, c'est loin, il ne faut pas s'inquiéter.

— Ça gagne vite, dit Diana. En fixant bien, on peut même le voir avancer.

— Tu n'y connais rien, dit Gina. Il faut quinze jours pour que ça arrive ici. Et ces jours-ci, il va pleuvoir, c'est sûr.

— Mais tu ne comprends pas que ces deux-là, elles sont pour le feu! dit Ludi, pour qu'il vienne ici cette nuit et qu'il nous déloge tous? Si tu ne comprends pas ça, alors qu'est-ce que tu comprends?

— Quand même, dit Gina en fixant la montagne, on ne peut pas les laisser comme ça, il faut trouver une solution. Ou qu'elle la signe ou qu'ils se sauvent. Il faut faire quelque chose.

— Il faut, dit Diana.

— Mais quand le feu sera là à leur lécher les pieds, ils seront bien obligés de partir, dit l'homme. Je ne vois pas ce que vous pouvez faire.

— Non, dit Gina. Je crois qu'elle, elle est capable de brûler sur place.

— Je ne crois pas, dit Ludi. Et puis même, tu ne peux pas les prendre à charge à ce point.

Gina haussa les épaules. Ludi était content.

— Les bals recommencent ce soir, dit Sara.

Le petit vint vers elle. Elle commença à l'habiller mais Gina le lui prit des mains et le fit à sa place avec une sorte d'entêtement sauvage. Tout en l'habillant elle l'embrassait goulûment.

— Elle n'a jamais donné de raison à son obstination? dit l'homme.

— Aucune, dit Ludi. Elle est là, comme une pierre. C'est une pierre désormais. On ne peut pas faire revivre les pierres.

— Obstination n'est pas le mot, dit Jacques..., comment dire? Il s'adressa à l'homme avec un peu d'irritation : Il faut se faire à cette idée que peut-être c'est inexprimable.

Chacun se tut. Gina continuait à habiller le petit, solitaire.

— Je me demande ce qu'il a cette espèce d'épicier à me plaire tellement, dit tout à coup Ludi.

Chacun regardait la mer. Il est vrai qu'elle était très belle. Le ciel se fit de feu. Sauf l'homme qui regardait Jacques, tout le monde regardait la mer. Ludi répéta sa question à Jacques.

— Qu'est-ce que tu crois? Pourquoi cet épicier il est tellement sympathique?

— Je ne sais pas, dit Jacques, peut-être parce qu'il est à la fois tout chargé d'expérience, de formidable expérience, et qu'il est comme un enfant.

— Mais son expérience à lui, d'où c'est qu'elle lui vient? Est-ce que son expérience à lui elle lui vient pas de pas avoir eu du tout d'expérience?

— Tu m'emmerdes avec ton épicier, dit Jacques.

— Mais quand même, dit Ludi. On pourrait croire qu'il y a comme ça des expériences plus déterminantes que les autres, c'est pas vrai.

— Quand même, dit Sara, l'expérience politique, ça existe, on le voit tout de suite quand elle manque à un homme. Tu ne crois pas, Ludi?

L'homme se mit lui aussi à regarder la mer.

— La politique, oui, dit Ludi, un peu gêné, mais il y a des équivalents, le travail par exemple. Le travail, c'est une expérience politique. Au fond c'est peut-être celle de l'épicier.

— La misère, non, c'est pas une expérience politique, dit Diana.

— Non, la misère, non, dit Ludi. On pourrait dire expérience humaine au lieu de expérience politique, mais je n'aime pas ce genre de mots. Et puis je crois que l'amour aussi c'est une expérience, mais ça je ne suis pas sûr. Parce que regarde cet épicier-là, il a pas eu d'amour du tout dans sa vie.

— Alors, dit Diana, on ne sait pas celui qui, de tous les manques chez les gens est le plus déterminant.

— C'est l'épicier, dit Jacques, qui nous trouble tant.

— Je regrette, dit l'homme, de ne pouvoir vous être d'aucun secours. Il sourit lui aussi : Je retire ce que j'ai dit à propos de la femme.

— Pourquoi dire ça? dit Ludi.

— Il y a des gens qu'on se comprend avec, dit Gina, et d'autres non, jamais, même au bout de dix ans, c'est pourquoi il le dit. Par exemple, avec là-haut, il n'y a pas de différence, on se comprend.

— Vous avez parlé aisément de cette femme, dit Sara à l'homme. Vous avez dit le mot obstination, on ne vous le pardonnera pas.

— Nous, les spécialistes du langage, on ne vous le pardonnera pas, dit Diana.

— Il y a comme ça, des rigueurs qui nous sont communes, dit Sara.

— Et qui font qu'entre nous les différences sont supposées ne pas être très importantes, continua Diana.

— Et qui font aussi que nous nous entendons si bien, comme vous voyez, continua Sara.

— Les erreurs de langage sont des crimes, dit Diana.

— Elles sont méchantes ces deux-là, dit Ludi, ne les écoutez pas.

— Il ne faut pas prendre ça mal, dit Gina, on parle de ça pour parler.

— On adore parler, dit Jacques.

— Je ne voudrais pas qu'il comprenne mal toute cette histoire, dit Ludi, qu'il pense qu'on lui veut du mal, oh! je ne voudrais pas.

— J'aimerais bien qu'il pense ce qu'il veut, dit Sara.

— Impossible, dit Diana, on ne le lui permettra pas.

— Si on vous dit des choses pareilles, dit Jacques, c'est qu'on doit avoir de la sympathie pour vous.

— Je vous remercie de cette preuve de confiance, dit l'homme.

— C'est ça, dit Ludi, il faut prendre tout ça comme une preuve de confiance.

— Mais bien sûr, dit l'homme. Il prit une cigarette et l'alluma. Il paraissait un peu surpris, mais pas du tout en colère.

— Vous êtes vraiment de très bons amis, dit-il. On a forcément l'impression d'être un peu de trop quand on est avec vous.

— Peut-être qu'on donne cette impression, dit Ludi, mais il ne faut pas y faire attention du tout. Il ne faut pas, pour ça, ne pas venir avec nous, bien au contraire. Parce que si on donnait cette impression jusqu'à vous dégoûter de venir avec nous, il faudrait nous le dire, c'est qu'on serait dégoûtants, que notre amitié aurait, oui, quelque chose de dégoûtant.

— On est aussi cons que les autres, dit Jacques, mais on est doués de la même connerie, c'est pourquoi on s'entend.

— Ne vous y laissez pas prendre, dit Sara.

Il la regarda, elle seule, furtivement, mais avec une détermination très étrangère à la conversation qui se déroulait. Personne ne le remarqua.

— Alors? lui demanda-t-il, qu'est-ce qu'il faut respecter?

— Mais je ne sais pas, dit-elle. Elle baissa les yeux.

— Il faut le leur demander, dit Diana.

— C'est sûr, dit Ludi, qu'on a rendu cet homme malheureux. Il avait parlé à voix basse.

Il avait l'air très ennuyé et il se gratta la tête.

— Ce qu'il faut respecter? dit Jacques.

— Tout et tout, dit Ludi dans un élan d'enthousiasme, et rien et rien.

Jacques et Sara sourirent à Ludi.

— Non, dit Diana, il ne faut rien respecter du tout, rien, rien du tout.

— Mais la vieille, là-haut, dit Gina, c'est sûr qu'il faut la respecter, c'est absolument sûr, non? Et le vieux, et l'épicier aussi.

— Sans doute, dit Jacques, ce qui est vrai et naturel. Il s'adressa à l'homme, ironique : Mais vous ne trouvez pas que c'est là le type de question qui n'a aucun sens?

— Pas tellement quant à moi, dit l'homme sur le même ton. Il cessa de sourire et ajouta sincèrement : Mais je regrette d'avoir dit le mot obstination.

— Excusez-nous je vous en prie, dit Ludi. Et puis moi d'abord je ne suis pas sûr qu'il faut tellement respecter la vieille là-haut. Parce que quand on commence avec ce respect-là, de la vieille, alors on ne s'arrête plus dans le respect et ça devient une passion qui empêche les autres passions de la vie. Non, moi je ne suis pas pour ce respect-là.

— Vous voyez, dit Gina en montrant Ludi, qu'on est tous des cons.

— Ainsi, ajouta Diana, Ludi ici présent, il est aussi con que l'épicier. Mais il faut être con comme Ludi. Ludi a une qualité de connerie si rare qu'il faudrait aller loin pour en trouver une autre pareille.

Tous se mirent à rire. Y compris Ludi et l'homme.

— Une fois, dit Gina à l'homme, il faut que vous veniez prendre un repas à la maison.

Le petit vint vers Ludi, les mains pleines de sable.

— J'ai faim.

— Dis-le à ta salope de mère, dit Ludi. Je ne peux rien pour toi.

— On rentre, dit Sara.

— Qui rentre en bateau avec nous? dit Ludi.

— Pas moi, dit Jacques.

— Si vous allez à pied je vais avec vous, dit Ludi.

— Je ne rentre pas tout de suite, dit l'homme, je vais faire un tour en mer.

Ils parurent surpris, mais l'homme avait

son ton habituel. Il s'en alla. Les autres partirent par groupes dans la direction du fleuve. Le groupe de Ludi devançait les autres. Ludi prit le bras de Sara. Jacques marchait à côté de Ludi.

— Tu as vu, dit Ludi, comme il est brave ce type.

— J'ai vu, dit Sara, mais il ne faut pas t'emballer.

— Il faut, dit Ludi, je suis pour ne pas lui faire de peine. Il regarda Jacques qui ne broncha pas. Si on est contre son bateau trop beau, alors il faut le lui dire, lui expliquer pourquoi et qu'il le comprenne et qu'il soit bien content qu'on le lui ait dit.

— Mais, dit enfin Jacques, quelquefois on a envie de se laisser aller à sa mauvaise humeur. Ne rien expliquer.

— Bien sûr, dit Ludi, mais tu vois, depuis quelque temps, je n'aime plus cette idée de changer le monde à tout prix. Vous voulez toujours changer le monde, vous autres, le forcer. Bien sûr qu'il faut le changer mais tout en le laissant aller à lui-même, et que cela se fasse dans le naturel. Je respecterai le bateau de ce type et l'amour qu'il a pour ce bateau. Avant que vous arriviez, Diana parlait de le lui chiper comme ça pour des promenades, histoire de l'embêter. Non et non.

— Elle ne m'en a rien dit, dit Sara.

— Mais tout le monde veut changer le monde, dit Jacques. Il n'y a personne de vivant qui ne veuille changer le monde.

— Mais je n'aime pas ce sentiment que vous avez, que vous êtes vous-même utile au changement du monde, dit Ludi. Je vais le cacher avec lui, son bateau, et vous ne le trouverez pas. Le nègre qui est exploité par le blanc, il a plus l'intelligence du blanc que le blanc de lui, et il ne faut pas par sa sollicitude empêcher que le nègre ait une intelligence du blanc.

— Et le nègre, à quoi ça l'avance? demanda Sara.

— Et ça te suffit, ça? dit Jacques, que le nègre ait du blanc une intelligence? Tu crois qu'il sera heureux pour autant?

Diana qui marchait derrière eux arriva à leur hauteur.

— Je ne sais pas de quoi il s'agit, dit-elle, mais je suis de l'avis de Ludi.

— C'est à propos du bateau, dit Sara, Ludi dit qu'il faut laisser à ce type ce qui est à ce type.

— Dans ce cas, non, dit Diana, j'ai un besoin moi aussi de me promener dans ce bateau. Ludi rit et lui tira les cheveux. Un besoin aussi grand que le besoin de ce type pour ce bateau.

Le petit marchait en avant, courant sur les franges blanches des vagues. En entendant parler de bateau par Diana il se retourna. Jacques était distrait et pensait manifestement aux dernières paroles de Ludi.

— Je ne comprends pas, dit-il, comment tu peux dire des choses pareilles, soutenir des choses pareilles.

— Mais j'ai horreur de ton marxisme à la fin! cria Ludi, de ta planification du nègre.

— Avant de prendre le bateau, annonça Diana, je me tape un bitter campari au bistro près du ponton.

— Non, dit doucement Jacques. Même dans le sens que tu dis, le nègre ne peut avoir du blanc qu'une intelligence déformée. Le blanc n'est plus le blanc, il est aliéné par l'oppression qu'il exerce sur le nègre. C'est vieux comme le monde, cette histoire.

— Oui, dit Sara, tout compte fait il faudra chiper ce bateau de temps en temps, car ce type ne pourra avoir une intelligence de ce bateau que si ce bateau est menacé.

Ludi lui tira les cheveux à elle aussi en riant, mais elle s'échappa et rejoignit Diana qui marchait à côté du petit.

— Ça va durer jusqu'à l'hôtel, dit-elle.

— On va voler le bateau du monsieur? dit le petit.

— Merde, dit Diana, ça y est.

— Tu n'as pas compris, dit Sara, on va lui prendre pour rire, faire une petite promenade. On parle quelquefois pour rien, comme ça.

— Alors on lui prend? redemanda le petit.

Sara se tourna vers Jacques et Ludi.

— C'est foutu, dit-elle, il a tout compris. Elle montra le petit.

Ludi éclata d'un rire bruyant.

— Ah, c'est magnifique!

— Mais ce n'est pas sûr qu'on va lui prendre, dit Sara.

— Je veux, dit le petit, il faut le prendre tout de suite. Il trépignait d'impatience.

— Alors on lui prendra, dit Diana. Et à Sara : Il me faut immédiatement un bitter campari, dit-elle.

Ils pressèrent le pas, prirent leur bitter campari et passèrent le fleuve à la nuit tombée. Gina était passée la première avec le plus important groupe de l'hôtel. Elle voulait aller voir les vieux avant le dîner. Ils refusèrent de la rejoindre. Ludi hésita un peu à y aller et finalement il y renonça lui aussi en faveur de nouveaux camparis. Ils en burent pas mal. La bonne à qui ils avaient confié le petit à leur retour de la plage faisait les cent pas devant l'hôtel. L'homme arriva une demi-heure après eux et il se mit à lire un journal, assis à sa table. Lorsque Gina revint de la montagne, des clients mangeaient déjà. Et la bonne, patiente, faisait toujours les cent pas devant l'hôtel. Tandis que Jacques et Ludi parlaient encore de l'intelligence réciproque du nègre et du blanc encouragés de temps à autre, distraitement, par Diana et Sara. Toujours devant des camparis.

— Où est le petit? dit Gina, tu ne le fais pas manger?

— Avec les bitter campari, ça me semble toujours moins urgent, dit Sara, mais c'est vrai qu'il avait déjà faim sur la plage.

— Il va aller dîner chez toi, dit Jacques.

— Peut-être qu'on abuse, dit Sara en riant. Elle appela la bonne. Celle-ci arriva droit sur eux, dans la lumière de la tonnelle. Elle n'attendit même pas qu'on lui pose des questions.

— Huit heures et demie, dit-elle, faudrait savoir ce que vous voulez.

— Où est le petit?

— Vous en faites pas pour lui. Alors, qu'est-ce que vous voulez?

— Appelez le petit, dit Jacques, après on verra.

— Il est sur la rive du fleuve à se tremper les pieds, pas moyen de l'empêcher.

Elle alla sur la rive et l'appela. Il avait marché dans l'eau avec ses sandales, il était boueux jusqu'aux genoux.

— Alors? dit Sara, s'il voulait se noyer vous le laisseriez faire tout pareil?

— Si vous étiez ma bonne, dit Gina, je vous enverrais une paire de gifles.

— Faut pas dire ça, dit la bonne, vous les connaissez pas, madame Ludi.

— On les connaît depuis cinq ans, dit Gina.

— C'est vrai que c'est pas la même chose, dit Jacques tout bas.

— C'est sûr qu'il a attrapé mal, dit Sara, depuis le temps qu'il est dans l'eau. Et j'étais là à boire mes camparis sans me douter de rien. Ce que je peux en avoir assez.

— Vous êtes pas la seule, dit la bonne en pleurnichant.

— J'en ai tout à fait assez maintenant, dit Sara.

La bonne prit un air compatissant.

— Je vais le rentrer et je le changerai de souliers, dit-elle.

— Vous exagérez, dit Jacques. Je vous le dis calmement, j'en suis sûr, vous exagérez.

— Vous êtes malhonnête dans le travail, ce n'est pas bien, ça, dit Ludi.

Chaque soir, à cette heure-là, sous la tonnelle, la même scène se répétait. Tous les clients de l'hôtel étaient contre la bonne, tout le village en général, sauf les douaniers. La bonne se mit à pleurer.

Tout l'hôtel la regardait pleurer avec dégoût.

— Je retire malhonnête, dit Ludi, mais vous n'aimez pas le petit, c'est sûr. Remarquez qu'on vous force pas à l'aimer, mais il faut au moins faire votre travail auprès de ce petit.

— Mais si, dit Diana, elle est malhonnête avec le petit, moi je le dis.

— Pas la peine de pleurer, dit Jacques. Il se leva et prit la bonne par le bras. Vous avez marre de nous, et nous on a marre de vous, on a autant marre de vous que vous avez marre de nous. Mais comme on peut pas se séparer ici, on se séparera en arrivant à Paris. Vous comprenez?

La bonne pleurait, fondait en larmes, et ne répondait pas.

— Vous comprenez ce que je dis ou vous comprenez pas? répéta Jacques.

— Je comprends, dit la bonne, mais...

Elle refondit en larmes.

— Il faut lui donner un bitter campari, dit Jacques.

— Il faut lui donner de la merde, dit Ludi, vous êtes des cons.

— Mais quoi? demanda Sara à la bonne.

— Mais moi, dit la bonne, même à Paris, ça recommencera, je serai toujours une bonne.

— Voilà ce qu'il y a, dit Sara.

— Mais on le sait, dit Jacques. Qui voudrait être bonne?

Il se leva et lui donna un bitter campari.

— Merci, dit la bonne, j'ai déjà trop bu cet après-midi.

— On vous laissera le temps, dit Sara, vous chercherez une bonne place sans enfants, vous chercherez le temps qu'il faudra. Ne pleurez plus.

Gina avait enlevé les souliers du petit et lui essuyait les pieds avec son mouchoir. Elle grommelait doucement et contre la bonne, et contre Sara.

— Vous avez trop bu cet après-midi? dit Diana, mais c'est bien ça.

— Il y avait l'élection de la reine de beauté, dit la bonne, alors, forcément.

— Et qui c'est, la reine de beauté? demanda Jacques.

— La petite, vous savez, la fille du pêcheur à côté de la maison. Ils ont hésité entre elle et moi, mais c'est elle la reine de beauté, moi je suis Miss Sourire.

Tous éclatèrent de rire.

— Ah! c'est magnifique, magnifique, dit Ludi.

La bonne rit elle aussi, de bon cœur.

— Vous pouvez vous marrer, dit-elle, je sais sourire autant qu'une autre.

Elle se reprit et, avec son ton habituel, elle reprit :

— Alors, qu'est-ce que je fais de celui-là? Elle montra le petit.

— Rentrez-le, dit Sara. Il va dîner chez Ludi et après vous le rentrerez et vous le coucherez.

— Ce soir je sors, dit-elle.

Jacques regarda Sara en haussant les épaules.

— Elle sort tous les soirs, dit-il, quel besoin de lui promettre encore ce soir?

— Je ne lui ai rien promis du tout, dit Sara.

La bonne les regardait tour à tour, très assurée. Ludi était en colère.

— C'est vrai, dit Sara. Vous sortez tous les soirs.

— Vous me l'avez pour ainsi dire promis, dit la bonne, inflexible.

— Démerdez-vous ensemble, dit Jacques. Il se mit à manger.

— Il n'ira pas chez Ludi, dit Sara, ce serait trop long, et il est tard. Vous le ferez manger et vous le coucherez. Ce qui m'embête c'est que vous allez le battre et le faire mal manger.

— Je le battrai pas, vous en faites pas. Et il mangera comme moi. Vous viendrez me rejoindre après le dîner?

— Puisque vous prétendez que je vous l'ai promis je viendrai, dit Sara, mais c'est à contrecœur.

— Je peux pas faire autrement, dit la bonne.

— J'aurais bien aimé qu'il vienne dîner à la maison, dit Ludi.

— J'irai pas à la maison, dit le petit, j'irai chez Ludi.

— Ça recommence, dit la bonne. Ce que j'en ai marre.

— Je vais vous accompagner, dit Sara. Elle dit au petit : Je vais avec toi jusque dans la cuisine et tu mangeras. Je te porterai.

— Je vais avec toi aussi, dit Diana.

— S'il ne vient pas manger, dit Ludi, je reste manger à l'hôtel, pour une fois.

— C'est comme tu veux, dit Gina, ça te fera du bien de mal manger pour une fois.

Chacun se tut. Sara, Diana et Jacques se regardèrent.

— Qu'est-ce qu'il y avait à manger ce soir? demanda Ludi.

— Des rougets grillés au fenouil, dit Gina, puis des aubergines, c'est tout.

— Des aubergines comment?

— A la farce au fromage.

Chacun regardait Ludi. Jacques surtout. Diana avala un autre campari.

— Alors, vous venez? demanda la bonne.

— Quand même je reste, dit Ludi.

— Moi je ne reste pas, dit Gina, la cuisine de cet hôtel me donne envie de vomir.

— On se la tape tous les soirs, dit Jacques, en ce qui nous concerne.

— Vous avez une maison et une bonne, dit

Gina en s'en allant, si vous voulez pas manger la cuisine de la maison, c'est votre faute.

— On aime mieux mal manger avec des amis que bien chez soi, dit Sara.

— Gina! appela Ludi.

Elle ne répondit pas. Ludi courut pour la rattraper et ne revint pas dîner à l'hôtel.

Diana et Sara s'en allèrent. Elles reconduisirent le petit en le portant chacune à leur tour. Puis elles revinrent en flânant le long du fleuve. Les autres, à leur retour, mangeaient déjà. L'homme aussi était en train de manger. Il portait une chemise d'un blanc éclatant. Avant d'entrer sous la tonnelle, Diana prit le bras de Sara et lui montra le feu.

— Regarde, ça a encore augmenté, dit-elle.

— Non, dit Sara, ce sont ces vacances qui te le font croire.

— Peut-être, dit Diana. Elle ajouta : Mais qu'est-ce qui manque à tous ces amis? On est tous là à s'aimer, à s'aimer les uns les autres, qu'est-ce qui nous manque?

— Peut-être l'inconnu, dit Sara. Dans cet endroit-ci on est drôlement coupé de l'inconnu.

— Peut-être, dit Diana, qu'il n'y a rien qui coupe de l'inconnu comme l'amitié.

— Peut-être, dit Sara.

— Heureusement qu'il y a là ce type avec son bateau — Diana rit — tout chargé d'inconnu, et chargé à lui seul, le pauvre, d'assumer tout notre inconnu.

— Heureusement, dit Sara.

— Mais ça doit pas être tout à fait la même chose pour toi que pour moi, dit Diana.

— Tu n'as jamais vécu trois jours de suite avec un homme, dit Sara. Ça ne peut pas s'apprendre.

— Quoi?

— Le prix de l'inconnu.

— Je peux comprendre quand même, dit Diana.

— Il me semble que non, dit Sara, quand on n'a jamais vécu trois jours de suite avec un homme...

— C'est pas votre exemple à tous qui m'y encouragerait, dit Diana.

— Je trouve nos exemples bien encourageants, au contraire, dit Sara.

— Non. Aucun couple, même le meilleur, ne peut encourager à l'amour, ce n'est pas vrai. Toi non plus tu ne peux pas comprendre, puisque tu es dedans.

— C'est vrai, dit Sara.

— Tout amour vécu est une dégradation de l'amour, déclara Diana en riant. C'est bien connu.

Elles se turent pendant une minute, mais sans bouger.

— Je ne sais pas pourquoi il me semble que tu as dû encore t'engueuler avec lui, dit Diana.

— Ce n'est pas ça, dit Sara.

— C'est quoi?

— C'est compliqué à dire.

— On dit toujours qu'il y a des moments difficiles dans les couples. C'est ça?

— Sans doute, c'est ça.

Diana fit un geste vague, d'indifférence et de tristesse.

— Vous êtes fatigants, dit-elle.

— Je voulais te dire, dit Sara. Je ne suis plus triste à cause de l'endroit. Ni Jacques non plus. Je ne voulais pas dire que nous étions tristes.

— Tant mieux, dit Diana. Elle regardait Sara de très près.

— Tant mieux, répéta-t-elle. Je voulais te dire aussi quelque chose. Pourquoi t'arranges-tu pour passer toutes tes soirées à garder le petit à la place de la bonne? Il a raison quand il te le reproche.

— Je ne m'arrange pas, c'est elle qui prend toutes ses soirées.

— Ce n'est pas vrai, dit Diana. Ce qu'il y a c'est que tu veux éviter de passer trop de soirées avec nous tous. Que tu en as autant marre que moi de vous tous.

— J'en aurai jamais marre de vous tous, dit Sara, jamais.

— Mais tu sais, c'est une question de moment, dit Diana, et même de très petits moments.

Elles se décidèrent à rejoindre les autres sous la tonnelle de l'hôtel.

Comme il n'y avait que cet hôtel, on n'avait pas le choix d'aller ailleurs, du moins sur cette rive. Et personne ne songeait à aller manger sur l'autre rive où il y avait cependant deux hôtels. Non, on restait sur cette rive torride où on mangeait forcément toujours la même chose, le patron ne craignant aucune concurrence, fût-ce même celle de l'autre rive : du poisson, des pâtes, du bouillon. Le ravitaillement, prétendait le patron, arrivait mal et c'était là la raison de ce sempiternel menu. C'était une habitude à prendre, la plupart des clients l'avaient prise.

Les repas n'en étaient pas moins gais pour autant. On se parlait, on s'interpellait d'une table à l'autre, et les conversations en général gagnaient toutes les tables de la tonnelle. Et de quoi parlait-on sinon de ce lieu infernal et de ces vacances qui étaient mauvaises pour tous, de la chaleur? Les uns prétendaient qu'il en était ainsi de toutes les vacances. D'autres, non. Beaucoup se souvenaient avoir passé d'excellentes vacances, tout à fait réussies. Tout le monde était d'accord sur ce point qu'il était rare de réussir ses vacances, rare et difficile, il fallait beaucoup de chance.

En général, personne ne se souvenait avoir passé des vacances aussi ratées que celles-ci.

Sur les causes de ce ratage, les avis différaient.

Ils vivaient trop les uns sur les autres, prétendaient les uns, dans une espèce de communauté artificielle parce que sans raison d'être profonde. Ce n'était pas une histoire de communauté artificielle ou non, prétendaient les autres, c'était que l'endroit était trop exigu d'abord, ensuite sans aucune ressource de plaisir, de distraction et que c'était pour cela qu'on comptait tant les uns sur les autres pour se distraire, se baigner, se promener, bavarder. Qu'on s'attendait interminablement tous les jours. Et que pour arriver à se baigner à midi, dit une femme, il fallait s'y prendre dès neuf heures du matin, commencer dès le lever à demander à l'un, à l'autre, s'il voulait bien ce jour-là se baigner avec vous. Cela parce que l'un, l'autre, attendait à son tour un autre, un autre autre qui, la veille, lui avait promis d'aller se baigner avec lui mais qui, depuis, s'était engagé avec un autre encore à aller se baigner avec lui. C'était un engrenage d'attentes réciproques, sans fin.

Une autre femme prétendit qu'il y avait des remèdes à cet état de choses, qu'il n'y avait qu'à décider qu'on n'attendait plus personne, comme elle qui, depuis déjà trois jours, allait se baigner toute seule, en compagnie seulement de son mari et de ses deux petits garçons. Mais les autres clients mariés de l'hôtel n'étaient pas d'accord avec elle. Les vacances n'étaient pas faites pour ça, pour se baigner seule avec son mari et ses enfants. C'était le contraire. Les vacances étaient faites pour se baigner enfin avec d'autres que son mari, sa femme, ses enfants. C'était presque là leur raison d'être, de faciliter les connaissances nouvelles, de les simplifier, de les débarrasser enfin des détours habituels de la mondanité.

On reconnaissait en général que le groupe de Ludi se débrouillait mieux que les autres dans cet endroit. C'était sans doute que Ludi en avait une grande habitude et qu'il en connaissait suffisamment les pièges pour savoir les éviter.

Une route, dit encore quelqu'un, c'était une route qui manquait à cet endroit. Ce mauvais chemin, à peine carrossable, vous donnait de la claustrophobie. Comment supporter la vie lorsque pour boire un bitter campari dans un autre hôtel que celui-ci il faut faire sept à dix kilomètres sur ce mauvais chemin?

Sur le groupe de Ludi et sur la chaleur tout le monde était d'accord. La chaleur était pour beaucoup dans ces vacances ratées. Mais Ludi arriva alors qu'on en parlait et évidemment, lui, ne fut pas d'accord, ni sur la chaleur, ni sur les vacances. Il dit qu'il aimait ces vacances, cet endroit, cette chaleur. Il dit que lorsqu'il allait faire froid, dans quelques mois, le souvenir de cet endroit, de cette chaleur, l'imagination de ces après-midi morts, irrespirables, l'aideraient à mieux supporter la brume et le vent.

Après l'arrivée de Ludi, après qu'il eut parlé de la chaleur, l'homme déclara qu'il était d'accord avec Ludi en général. Que la chaleur n'était pas aussi insupportable qu'on le disait. Et que ces vacances-ci, en ce qui le concernait, étaient plutôt de bonnes vacances, surtout en ceci qu'elles le changeaient du genre de vacances qu'il prenait en général. On lui demanda comment celles-là étaient, et en quoi elles différaient tant et il dit que c'était surtout à cause des gens qu'il y avait ici. Comment étaient ceux-ci? demanda Jacques. L'homme dit qu'ils étaient bien différents les uns des autres, mais qu'ils avaient tous quelque chose en commun, quelque chose qu'il n'avait pas encore rencontré — il rit — qu'il se garderait bien de chercher à nommer cette fois-ci. Jacques rit à son tour avec l'homme et Ludi en parut heureux. Était-ce qu'ils étaient tous des amis? demanda Jacques. L'homme dit qu'il n'était pas sûr que ce fût cela seulement. Jacques n'insista pas.

Il ne fut pas question, ou très peu, pendant ce repas, des parents du démineur. Il y avait sans doute plusieurs raisons à ce silence. On savait à l'hôtel et dans tout l'endroit que Gina, Ludi, Jacques, Sara et Diana, montaient chaque jour dans la montagne pour les voir et que Gina assurait à elle seule tout leur ravitaillement et que de ce fait les autres étaient privés de toute initiative à cet égard. Que tout autre effort aurait été superflu puisque ceux-ci s'étaient chargés dès la première heure, Gina en tête, des parents du démineur. Alors, chacun devait réprouver ces visites quotidiennes, l'un parce qu'il les trouvait déplacées, l'autre parce qu'il trouvait qu'elles témoignaient chez ce groupe d'une curiosité malsaine pour les spectacles malheureux, l'autre encore parce qu'il prenait ombrage de tant d'initiative. Mais il y avait sans doute aussi, dans ce silence sur cet événement, qu'il était arrivé depuis trois jours et qu'il manquait déjà d'actualité. Le feu dans la montagne l'avait déjà remplacé.

Comme l'homme connaissait tout le monde de fraîche date et qu'il n'était arrivé là qu'au moment de la catastrophe, il n'aurait pas dû, lui, hésiter à en parler. Cependant il n'en parla pas plus que les autres. Il devait bien se douter, depuis la plage surtout, que ce n'était pas là chose facile.

Tous les repas étaient finis depuis longtemps et ils attendaient, tout en bavardant, le moment d'aller vers le jeu de boules, lorsque de l'autre côté du fleuve, comme une détonation dans la nuit si calme, s'éleva le pick-up du bal. C'était la première fois, depuis trois jours que le démineur avait sauté sur la mine, qu'on l'entendait. Le passeur avait dit vrai. Le douanier chef considérait qu'il n'y avait pas à respecter plus longtemps une situation qui ne se prolongeait plus que parce que la vieille avait décidé arbitrairement de ne pas signer la déclaration de décès, et il avait donné l'ordre de recommencer les bals. Chacun baissa les yeux et observa un silence gêné. Ce fut Ludi qui parla le premier.

— C'est pareil que si on leur disait allez-vous-en, dit-il, mais peut-être que c'est normal.

— Non, dit Gina, ce n'est pas normal.

— Mais ça ne pouvait pas durer toujours, dit Ludi. Il y avait là toute la jeunesse qui voulait les bals...

— Non, répéta Gina, ce n'est pas normal. Elle ajouta : Et même si ça l'était, je ne veux plus le savoir.

Ludi ne répondit pas. L'air était triste. Il avait quelque chose d'amer comme les retours, les lendemains d'événements et chacun devait le ressentir ainsi. C'était un tango, il parlait d'amour. La nuit était calme et chaude, à peine traversée par la petite brise du fleuve et l'air arrivait tout entier sous la tonnelle. Son impudence éclatait comme un cri. Personne ne savait manifestement quoi en penser après ce qu'avait dit Gina. L'homme non plus.

— Je suis, dit Jacques à Gina, pour reprendre les bals, même dans ces cas-là.

Gina haussa les épaules. Chacun se tut.

— Est-ce qu'on n'est pas tous pour les bals contre tout ce qui peut arriver dans le monde? demanda Sara.

— Oui, dit Jacques en souriant, pour le triomphe et l'avènement des bals en général.

— J'aime danser plus que toi, dit Gina, plus que tous ceux qui sont là.

— Oui, dit Jacques. Et pour ce qui est de la jeunesse, nous aussi on l'emmerde.

— Oui, dit Gina.

Elle se leva et annonça sur le ton de la diversion que si on voulait se coucher tôt, il fallait partir aux boules immédiatement. Tout le monde se leva. Jacques vint vers Sara.

— Tu viens jouer avec nous?

Elle lui rappela qu'elle devait rejoindre la bonne qui attendait son retour pour retrouver son douanier. Elle ajouta qu'elle n'irait qu'un peu plus tard, que pour le moment, oui, elle les y accompagnait. Jacques s'éloigna d'elle sans répondre, comme toujours quand ils abordaient la question de la bonne.

Ils s'en allèrent tous, par groupes. Ils n'avaient pas dépassé la boutique de l'épicier, vers la mer, que le tonitrument de l'autre bal, celui qui était de ce côté-ci du fleuve, s'éleva à son tour. Ludi vint près de Sara. Il marcha un moment sans rien dire, puis il déclara :

— Viens jouer avec nous. Ne va pas rejoindre cette bonne de merde.

— Elle m'a tous les jours avec son douanier, dit Sara, j'en ai vraiment assez maintenant.

— Mais viens, rien de ce que peut faire cette bonne de merde n'est important.

Il s'arrêta, sidéré par ses propres paroles.

— Excuse-moi. Des fois, je parle comme un con. C'était pas ça que je voulais dire. Je voulais dire que tu te laisses trop faire par cette bonne-là. Ce soir, il faut que tu joues aux boules, que tu ne t'inquiètes pas pour elle.

— Je vais essayer, dit Sara.

Ludi prit le bras de Sara et ils continuèrent à avancer vers les boules. Au croisement du chemin et du sentier de la montagne, ils levèrent machinalement les yeux. Les lampes tempête de l'épicier éclairaient violemment les murs blancs de la maison abandonnée. C'était la seule lumière qu'il y eût dans la montagne à cette heure-là. Eux aussi ils se couchaient tard.

— Ah! il me plaît cet épicier, recommença Ludi. Mais c'est peut-être la musique de ces bals qui les empêchent de dormir.

— Ils doivent dormir dans la journée, dit Sara, ça ne fait rien.

— Tu as vu cette Gina qui aurait voulu qu'on arrête les bals, tu as vu? peut-être qu'elle aurait voulu qu'on soit tous là à veiller nous aussi, comme des vieux?

— Mais non, dit Sara, puisqu'elle joue aux boules.

— Ça c'est vrai, dit Ludi radouci. Mais tu vois comme je suis fait, lorsque Jacques lui a répondu, ça m'a fait de la peine pour elle.

— Mais à Jacques aussi, c'est sûr. Comment faire autrement? Je voulais te dire que demain matin on va tous faire une promenade en bateau à Pointa Bianca avec le type.

— Quand c'est qu'il t'a dit ça?

— Ce matin à la plage.

— C'est bien ça, dit Ludi enthousiasmé. Il ajouta, hésitant : Mais peut-être qu'il aura changé d'avis après toutes ces méchancetés qu'on lui a dites ce soir. Tu as vu, il est parti tout seul avec son bateau comme pour nous dire qu'il s'en fichait bien de nous. Remarque, moi je trouve qu'il avait raison.

— Mais il voyait bien qu'on riait, dit Sara.

— Tu riais pas tellement, dit Ludi, et Diana non plus.

Il ne continua pas sur ce sujet. Il se tut. Puis tout à coup il lui vint d'autres idées.

— Tu sais, quelquefois, je crois que tu ne dis pas ce que tu penses, Sara, dit-il très doucement.

— Je ne pense rien, dit Sara. Quelquefois il me semble bien que je ne sais pas ce que c'est.

— Tout le monde est un peu dans ce cas, dit Ludi. Mais ce n'est pas ça que je veux dire. Tu sais très bien ce que je veux dire. Pourquoi que tu fais comme si tu le comprenais pas?

— Je n'y pense plus, dit Sara.

— Il y a des paroles qui font mal à garder pour soi. Je veux pas que tu gardes celles que tu as contre moi.

— Puisque je comprends que tu avais raison de les dire, ce n'est pas la peine d'en parler.

— Oh! que je suis ennuyé, geignit Ludi, je le savais bien que tu m'en voulais encore.

— Je ne t'en veux plus du tout, Ludi.

— Je sens bien que si, que tu m'en veux. Comprends-moi. Je crois moi aussi qu'on doit se taire à la limite, tu comprends, à la limite juste de ce qu'on sait qu'on exprimera dans la fausseté. Ni avant ni après. Mais j'aime quand même mieux les gens qui se forcent contre cette limite-là, qui se forcent à parler que ceux qui se forcent à se taire. Oui, quand même je les aime mieux. Toi en ce moment, tu gardes des paroles contre moi, depuis au moins quatre jours. Ça me plaît pas. Et elles te font mal ces paroles, je suis sûr.

— Peut-être qu'on peut faire autre chose que parler, dit Sara, qu'on peut faire autre chose qui vous fasse le même effet que parler, qui vous délivre tout pareil.

— J'aime comment tu es bête, quelquefois, dit Ludi.

Ils étaient sous les fenêtres d'une villa grand éclairée et ils se regardèrent.

— Maintenant la voilà amère comme je ne sais quoi, dit Ludi pour lui seul. Et tout ça c'est ma faute.

— Tu te trompes. En ce moment, je ne suis pas amère du tout, je suis comme toi, je suis contente à propos de tout.

— Et même de la chaleur? de cet endroit ici?

— Oui, même à propos de ça.

Ludi lui reprit le bras et resta un petit moment sans parler.

— Comprends-moi, continua-t-il enfin. Puisque la chose est là, que je l'ai dite, tu peux rien faire contre. Elle est là entre nous. Si tu fais comme si je l'avais pas dite, alors elle devient énorme d'importance, mille fois ce que j'ai voulu dire. Ça m'embête beaucoup.

— Puisque je n'y pense pas, dit Sara.

Le jeu de boules arrivait. Ludi était toujours préoccupé.

— Tu sais ce que je pense? dit-il. Que c'est les gens qui ont le plus peur de tout qui en même temps pourraient faire les choses les plus risquées. Peut-être même les choses que les autres n'oseraient pas faire.

— Mais c'est la même chose que la peur, dit Sara.

— Peut-être. C'est la peur qui donne le courage de risquer. Tout peut-être, plutôt que d'être seul avec la peur.

— Mais pourquoi tu me dis ça?

— Je ne sais pas. Ça me vient à l'esprit comme ça.

Ils arrivèrent à la piste du jeu de boules. Jacques y était déjà. Il alla dans le café et demanda qu'on l'allume. Dès qu'il ressortit, la piste s'éclaira.

On constitua les équipes sous la direction de Gina. C'était toujours très long à cause du trop grand nombre de joueurs. Sara annonça qu'elle ne jouait pas, qu'elle devait rentrer. Ludi insista un peu pour qu'elle reste, mais sans beaucoup de conviction.

Tandis que tous les autres étaient debout, sous la lumière crue de la piste et qu'ils essayaient de constituer des équipes qui s'équilibraient, Sara alla s'asseoir sur le banc qui se trouvait hors de la lumière, parallèlement au jeu. L'homme vint l'y retrouver.

— Ce soir, je n'ai pas envie de jouer, dit-il, il y a déjà trop de joueurs.

Il y en avait tellement, en effet, que c'était interminable d'organiser une partie. Chaque fois, quelques-uns se décourageaient. C'était ce qu'espérait Gina. L'homme riait de les voir, Sara aussi.

Finalement Gina prit Jacques dans son équipe, ainsi que Diana. Ludi constitua une autre équipe avec ceux des clients de l'hôtel qui jouaient le mieux. Ils furent six dans chaque équipe, ce qui était beaucoup trop. Les parties étaient toujours trop longues. Elles finissaient souvent par des querelles entre Gina et Ludi à propos des scores, mais si vives qu'elles eussent été, elles étaient sans importance véritable et manifestaient tout autant de l'humeur joueuse de Gina que du goût profond qu'elle avait pour les brouilles avec Ludi. Elle les provoquait d'ailleurs en ne prenant jamais Ludi dans son équipe. Ludi se laissait faire, heureux, parce que ce n'était que dans les jeux de plage et autres que Gina retrouvait sa turbulence.

Le jeu commença. Il fut immédiatement très absorbant. Sara et l'homme assis côte à côte sur le banc, avec quatre autres personnes en suivirent les péripéties. Ils restèrent là le temps que dura la moitié de la partie, peut-être une demi-heure. Lorsque l'homme parla, sa voix était presque couverte par la musique des bals et les cris des joueurs.

— J'aurais bien aimé aller un moment au bal avec vous, dit-il.

Il regardait toujours la piste. Sa voix était tranquille, presque détachée.

— Pourquoi pas? dit Sara.

L'homme ramena ses yeux.

— Je voudrais savoir si c'est une chose possible, dit-il.

Elle hésita un peu. Jacques regardait tirer Diana, complètement absorbé par le jeu.

— C'est une chose possible, dit-elle.

L'homme parlait lentement, sous le coup d'une détermination réfléchie.

— Dans ce cas, nous pouvons y aller, dit-il.

— Oui, dit Sara.

— Si j'ai bien compris, vous avez peu de temps.

— Quand même, dit Sara, elle peut m'attendre un petit peu.

L'homme se leva. Sara se leva après lui et alla vers Jacques. L'homme resta debout près du banc.

— On va faire un tour au bal, dit Sara à Jacques. Et puis je rentrerai.

Jacques vit l'homme debout près du banc. Diana aussi. Jacques et l'homme se sourirent. L'homme, d'un air de vague excuse. Jacques, de celui qui comprend bien des choses.

— C'est une bonne idée, dit Jacques.

— Puisque nous ne jouons pas aux boules, dit Sara.

— Vous avez raison, dit Jacques. Pourquoi rester là à regarder?

— Je serais bien allée avec vous, dit Diana.

Elle le dit comme si c'était là chose irrémédiable.

— C'est à ton tour, cria Gina à Jacques.

Sara rejoignit l'homme. Ils sortirent de l'enclos.

C'était vers la mer, près de l'embouchure du fleuve que se trouvait le bal, face à un café. Le bal et le café se faisaient face, séparés par le chemin. Ce qu'on appelait le bal, c'était un plancher posé sur pilotis, clôturé par des roseaux blanchis à la chaux. Les consommations se prenaient de l'autre côté du chemin sur la terrasse du café. Dans la journée cet endroit était désert et on ne pouvait consommer qu'à l'intérieur du café — toujours à cause de la chaleur — la cage de roseaux était vide de danseurs et pleine seulement de rais de soleil. Maintenant, la cage était pleine des jeunes danseurs et sa lumière éclaboussait d'ombres lumineuses la terrasse du petit café, de celles des roseaux blancs et de celles des danseurs. Lorsqu'ils arrivèrent on jouait *Mademoiselle de Paris*. Ils commandèrent des bitter campari.

— C'est drôle un bal, dit Sara, lorsqu'on y pense, trois roseaux et voilà qu'ils viennent de toute la région.

— Je suis content que vous soyez venue, dit l'homme. Mais c'est vrai qu'un bal c'est une drôle de chose quand on y pense.

— C'est curieux, nous n'y venons jamais. Toujours ces boules.

— C'est là tout près et on n'y pense pas, c'est pourquoi.

Ils regardèrent les danseurs. Ils reparlèrent du bal. Il dit qu'il ne connaissait pas l'Afrique mais qu'il imaginait ainsi des postes avancés par exemple de l'Abyssinie, de la Somalie.

— Vous saviez que je viendrais, dit Sara.

— Je le croyais, mais quand même, je n'en étais pas complètement sûr. Il ajouta : Je voulais vous demander pourquoi vous vous arrangez toujours pour garder votre enfant à la place de la bonne. Il y a quatre jours que je suis là et...

— C'est elle qui s'arrange pour que je n'oublie pas qu'elle m'attend.

— Je ne le crois pas tout à fait.

— Mais si, dit Sara, de savoir qu'on vous attend c'est impossible à oublier.

— Elle a un amoureux, dit l'homme, non?

— Oui. Un douanier. Il n'a de permissions que le soir.

— Vous êtes tous un peu écrasants, déclara l'homme, avec vos personnalités si définies — il rit — ah! que je suis content d'être venu ici en vacances.

— Je voudrais que vous connaissiez mieux Ludi et Gina, dit Sara.

— Moi aussi, dit l'homme.

— Je crois que de toute sa vie, quand on a de la chance, on ne peut rencontrer qu'une seule fois des gens comme eux.

— Je commence déjà à le croire. Mais qui ne rencontre-t-on pas qu'une seule fois dans la vie?

Ils burent leur bitter campari.

— C'est drôle, dit Sara, de ne pas se connaître à ce point.

— Je m'appelle Jean, dit l'homme.

— C'est vrai qu'ici personne ne vous appelle par votre nom.

— Vous on vous appelle Sara. C'est ça?

— C'est ça.

— Ça m'est complètement égal.

Elle voulut boire un autre bitter campari. Il en voulut un aussi. Il dit qu'il s'était habitué à cette boisson qu'il n'aimait pas du tout les premiers jours. Il y avait des choses comme ça, qu'on n'aimait pas les premiers jours et auxquelles ensuite on s'habituait jusqu'au plaisir et même parfois jusqu'à la nécessité. Ainsi je ne vois pas comment vivre maintenant sans bitter campari dans cet endroit. Des choses qu'on découvrait.

— Si vous n'étiez pas obligée de rentrer, on serait allés se promener en bateau, dit l'homme.

— Même dans ce cas ça n'aurait pas été possible, dit Sara. Tout le monde a trop envie de ce bateau. Le moteur s'entend de loin. Mais demain matin.

— Demain matin, répéta l'homme.

— Cet après-midi, dit Sara, sur la plage, je ne sais pas ce qu'on avait tous.

— Je n'ai rien remarqué.

— Peut-être qu'on était méchants.

— Tout le monde a sa méchanceté, dit l'homme. Même les plus gentils.

— Ça vous a été égal?

— Pas tellement que ça... Il ajouta : Mais très vite je dois dire, je ne me suis senti visé que par ricochet.

— Ça arrive, dit Sara. A force d'être tout le temps ensemble comme ça.

Il se pencha sur la table, la figure près de celle de Sara.

— Et vous avez un enfant, dit-il.

— C'est ça.

— Et vous avez une bonne qui a très mauvais caractère?

— Oui. Et j'ai très peur de la mer.

— De la mer, et peut-être aussi de beaucoup d'autres choses.

— Oui, dit-elle, de beaucoup d'autres choses.

— Alors je ne me trompe pas de personne, dit-il en riant.

— On ne sait jamais, dit Sara aussi en riant.

— Non, je crois que nous ne nous trompons pas de personne. Et puis même, que risquerions-nous?

— Rien, dit Sara.

Il se pencha un peu plus sur la table, mais elle ne bougea pas de son siège. Elle se contenta de le regarder. Il comprit qu'elle ne pouvait pas faire ce qu'il faisait, qu'elle ne le voulait pas, parce que l'endroit était petit, trente personnes, et que tout le monde les connaissait. Mais seulement pour cette raison.

— Je voudrais encore un autre bitter campari, dit-elle. Et vous?

— Dix. J'en voudrais dix, dit-il.

Il se pencha encore un peu plus.

— Et ensuite? demanda-t-il.

— Je ne sais pas très bien, dit Sara.

— Vous ne faites rien de particulier?

— Rien. Je dors bien. Et vous?

— Pas de spécialité, dit l'homme.

— C'en est une, dit Sara.

— Nous voilà renseignés, dit l'homme en riant.

Ils ne se dirent plus rien pendant quelques minutes, le temps qu'ils finissent leur troisième bitter campari. Puis ils reparlèrent de l'endroit, de Ludi, des gens qui étaient là, de la chaleur et de la mer. Puis Sara dit :

— Il faut que je rentre remplacer la bonne.

Il lui dit qu'il l'accompagnerait volontiers et elle accepta. Il paya les bitter campari. Il avait l'air un peu troublé. Ce n'était pas qu'il eût été si jeune, non, mais c'était un homme qui ne devait pas avoir des succès féminins un souci si grand qu'il les considérât comme relevant seulement de son prestige personnel. Cela se voyait très vite. Comme dans le mouvement même d'une approche licencieuse, il laissa, pour les campari, un pourboire démesuré.

Ils passèrent devant le jeu de boules au moment où Jacques tirait. Jacques était un des trois meilleurs joueurs de la bande. Tout le monde regardait son tir. Personne ne vit passer Sara en compagnie de l'homme à cette heure tardive. Le chemin était désert et les quatre lampadaires qui s'alignaient sur les cent mètres que durait ce chemin n'éclairaient que les murs blanchis des villas. Ils dépassèrent les trois boutiques qui formaient le gros du village et arrivèrent sur la place de l'hôtel, là où se trouvait le seul arbre du pays, celui dont Ludi prétendait que c'était seulement le macadam qui l'avait tué et non le soleil. Il y avait encore trois clients à l'hôtel dont l'épicier. Sara entraîna l'homme sous la tonnelle. L'orchestre de l'autre côté du fleuve jouait à son tour *Mademoiselle de Paris* et l'épicier, seul à sa table devant une limonade, scandait l'air de sa main. Il bâillait. De l'autre côté du fleuve on jouait les *Papaveri*.

— Bonsoir, dit Sara.

L'épicier montra la limonade avec dégoût.

— Faut bien arriver à se coucher, dit-il. Et là-haut, ils n'ont que du vin et à force ça me fait mal.

Sara les présenta l'un à l'autre. Mais ils se connaissaient déjà.

— C'est vous le patron du hors-bord, dit l'épicier. De là-haut, on vous voit filer vers la haute mer tous les matins. C'est très joli, le sillage reste longtemps, vu de haut comme ça.

— Alors, demanda Sara, le curé est venu?

— Il vient demain. Mais tels que je commence à les connaître, ils ne se laisseront pas faire comme ça.

— Elle a mangé?

— De la soupe, mais pas de fromage. Quand ils seront partis j'irai les voir. Il m'a toujours manqué des amis à aller voir, des prétextes pour voyager. J'irai cet hiver.

— Vous dites quand ils seront partis, dit Sara, alors vous commencez à croire que c'est dans les choses possibles qu'ils partent?

— Dans les choses inévitables, dit l'épicier, comment faire autrement? Ça a beaucoup duré déjà. — Il but un peu de sa limonade. — Ils me plaisent, je ne saurais dire pourquoi. Parce qu'ils sont nouveaux, peut-être. Je leur ai raconté toute ma sale vie pour les distraire, et même plus que ma vie, les vies que je n'ai pas eues, celles que j'aurais aimé avoir. Personne ne m'avait jamais écouté comme ça, alors j'en suis fatigué comme je ne sais pas quoi.

— Avec vous elle, elle doit parler, dit Sara, on en est sûr, on se le disait justement avec Gina.

— Un peu, par-ci par-là, mais elle aime surtout qu'on lui raconte des histoires. C'est aussi un peu pour ça que je leur ai parlé. Mais elle dit merci, bonjour.

— Et de la chaleur, elle parle?

— Jamais. Ni du feu, elle l'a vu et nous l'a montré, c'est tout.

Il but un coup de limonade.

— Vous voyez, il faut la voir écouter des histoires... je crois qu'elle n'est pas tellement malheureuse, elle n'a plus assez de force, de jeunesse pour ça. C'est autre chose.

— Quoi? demanda l'homme.

— Comment appeler ça? dit l'épicier, ça

n'a plus de nom. Ça n'a plus besoin d'avoir de nom, à quoi ça servirait-il?

— Sans doute, dit Sara.

— La fatigue, peut-être, dit l'épicier.

Il se tut. Ce soir-là il était aussi vieux que la mère du démineur.

— Demain matin on ira vous voir, dit Sara. Elle ajouta : Peut-être qu'on les ennuie à venir tout le temps comme ça.

— Oh! non, dit l'épicier, c'est le contraire. Elle l'a encore, le goût du monde, et d'écouter, et même très fort.

Ils s'en allèrent. Le chemin, après la place, n'était plus éclairé. Mais le fleuve reflétait la clarté du ciel et on y voyait suffisamment clair. Il était très proche. La marée montait. On entendait le bruissement de l'eau le long des berges, par saccades, au rythme lent de la houle.

— Quand même il y a ce fleuve, dit Sara. On ne peut pas se lasser de le regarder. Ce que c'est beau les fleuves, surtout quand ils arrivent à leur fin, énormes, comme celui-là.

— Je l'ai remonté hier jusqu'au pont. A partir du tournant c'est abrité et les rives sont pleines d'oiseaux. Il faudrait que vous voyiez ça.

— Un jour, dit Sara, on pourrait y aller, en revenant de la plage.

— Plus tôt, dit l'homme, parce que à cette heure-là on ne verra plus les oiseaux.

— Ludi m'en a parlé, dit Sara. Chaque année il remonte ce fleuve au moins une fois.

— De quoi Ludi ne vous a-t-il pas parlé?

L'homme se rapprocha d'elle et lui prit le bras.

— Qu'est-ce qu'il y a? demanda-t-il.

— Mais rien, dit Sara.

Insensiblement il l'enlaça.

— C'est ce type qui vous a rendue triste?

— Je ne sais pas.

— J'aime bien moi aussi qu'on me dise les choses.

— Ça, je ne peux pas vous le dire.

— Vous n'aimez pas beaucoup parler?

— Pas beaucoup.

Elle se tourna vers lui. Ils se regardèrent.

— Il ne faut pas être triste, dit-il.

Ils avancèrent sans rien se dire pendant une longue partie du chemin. La houle remontait toujours le fleuve. Puis il demanda.

— C'est fini maintenant?

— C'est fini.

— C'est drôle comme vous me plaisez, dit-il.

La nuit était si chaude que là où leurs bras se touchaient une moiteur se formait aussitôt. Ils ne se dirent plus rien jusqu'au moment où ils arrivèrent devant la villa. Sara s'arrêta.

— Nous sommes arrivés, dit-elle.

Il l'embrassa. Puis il s'éloigna d'elle d'un pas. Elle ne bougea pas. Ils se regardèrent. Sara vit dans ses yeux le fleuve qui brillait.

— Je ne veux pas partir, dit-il.

Sara ne bougea pas. Il l'embrassa de nouveau.

— Je ne partirai pas, répéta-t-il.

Il l'embrassa une nouvelle fois. Ils entrèrent dans la villa.

La bonne, assise sur le perron, attendait.

— Je suis en retard, dit Sara.

— Il est dix heures, dit la bonne, vous aviez dit neuf heures, j'ai plus le temps d'aller au bal, ce que je peux en avoir marre.

— Vous y allez tous les soirs, dit Sara, pour

une fois vous y arriverez en retard. Si je suis en retard c'est que j'y suis allée, moi aussi.

— Si vous aussi vous y allez, dit la bonne, alors c'est foutu.

Elle était toute prête, chaussée d'escarpins vernis, à talons hauts, violemment fardée, elle ressemblait à une jolie petite putain.

— Allez-y quand même, dit Sara, vous êtes toute prête, ce serait dommage de ne pas y aller.

— Ce n'est pas ça, dit la bonne, radoucie, mais il n'a de permission que jusqu'à onze heures.

— Vous avez encore une heure, il aura dû vous attendre. Elle ajouta : Puis, des hommes, il y en a autant que vous voulez ce soir au bal.

— Par exemple, dit la bonne, c'est lui ou rien, pour qui que vous me prenez?

Elle regarda vers l'homme pour le prendre à témoin de l'injure, mais celui-ci était tourné vers le fleuve, il fumait, il ne se retourna pas.

— Excusez-moi, dit Sara, allez vite au bal.

— C'est vrai que maintenant que je suis prête, j'aurai l'air de quoi si je me couche. Allez, au revoir, monsieur-dame.

Elle s'en alla. L'homme se retourna vers Sara, lui sourit, un peu contraint, semblait-il, puis il s'assit par terre contre le mur. Sara s'excusa et pénétra dans la villa. Là il faisait aussi chaud que dans la journée. Elle entra doucement dans la chambre de l'enfant. La bonne, encore une fois, avait oublié d'ouvrir la fenêtre. Elle l'ouvrit toute grande et elle revint près de l'enfant et le considéra dans la pénombre. Il dormait bien, mais il avait très chaud. Elle replia le drap dans lequel il s'était entortillé et elle lui essuya le front. Puis elle le regarda encore, tout en pensant à l'homme qui l'attendait sur la véranda. L'enfant respirait aussi légèrement qu'une fleur, et son front moite et frais était de fleur. Elle se dit comme chaque soir — mais ce soir-là sans amertume et raisonnablement — que c'était la dernière fois du monde qu'elle venait dans un tel endroit, un endroit si mauvais pour les enfants. L'enfant, lorsqu'elle l'embrassa, se retourna brusquement vers le mur en grognant. Elle attendit une seconde. Puis il s'immobilisa là où il s'était retourné et sa respiration, de nouveau, s'éleva dans la nuit, rassurante comme le souffle d'un dieu. Elle sortit, revint vers la cuisine, prit une bouteille de chianti et deux verres. Puis elle retourna sur la véranda.

— Je suis allée voir le petit, dit-elle. Elle oublie tous les jours d'ouvrir la fenêtre, tous les jours.

— C'est curieux, dit l'homme, quand je suis arrivé je ne vous ai pas du tout remarquée.

Sara versa du vin dans les deux verres, posa la bouteille de chianti sur le rebord de la fenêtre et s'assit près de lui.

— J'en ai quand même assez, dit-elle, de cette bonne, je peux passer sur tout, mais pas sur cette histoire de fenêtre.

— Ce que j'ai remarqué, dit l'homme, c'est votre amour pour votre enfant, j'en ai même été agacé.

— Tout le monde, dit Sara.

— Et puis ensuite les extraordinaires rapports que vous avez avec cette bonne.

— Il faut que j'en trouve une autre, dit Sara.

— Mais vous, non, je ne vous ai pas remarquée.

— Qu'est-ce que ça fait? dit Sara.

— J'ai remarqué Ludi, et... Jacques, dit-il. Et Gina, et Diana. Pas toi.

— Vous auriez dû, dit Sara, puisque j'étais avec eux.

— Pourquoi?

— Vous auriez dû vous demander pourquoi j'étais avec eux puisque vous ne me remarquiez pas.

— J'aurais dû. Il ajouta : Je devais partir hier. Puis je t'ai vue arriver sur la route. Hier matin. Je t'avais déjà vue la veille. Et voilà.

Il but, posa son verre devant lui et, brusquement, l'enlaça. Depuis qu'ils s'étaient arrêtés face au chemin, ils ne s'étaient pas embrassés.

— En somme, il suffit de vouloir se rattraper, dit l'homme, tout le monde se rattrape d'une quelconque façon, non?

— Oui, dit Sara.

Il la fit basculer dans ses bras, la regarda longuement, tout en lui caressant les cheveux.

— Vous je vous ai remarqué tout de suite, dit Sara.

Le temps passa un peu mais pas assez — ils le savaient tous les deux — pour qu'ils ne soient pas seuls un long moment encore.

— Mais toi, tu remarques tout, dit l'homme.

— Oui, dit Sara. Ça me fait plaisir, pour toi et pour moi.

Il la prit tout à fait contre lui et ils basculèrent ensemble sur les dalles de la véranda.

— Tu te rattrapes bien, autrement, dit l'homme en riant.

Il regarda vers le fleuve, le temps de demander :

— De quoi? j'aurais voulu savoir.

— Mais de rien, dit Sara.

— Si. J'aurais voulu savoir de quoi.

— Mais il me semblait que tout le monde en était là, dit Sara.

Elle s'émerveilla d'être l'objet de son désir. Elle s'était d'ailleurs toujours émerveillée du désir des hommes à son égard. C'était là, pour ainsi dire l'innocence de Sara, ou si l'on veut encore, sa simplicité.

De l'autre côté du fleuve, on joua *Blue Moon*, et de ce côté-ci où ils étaient, *Mademoiselle de Paris*. Mais, étant donné la disposition des lieux, du fleuve, de la montagne, et de cette maison-là, et de l'heure avancée de la nuit, et de la direction de la brise qui soufflait de la plaine, ce fut surtout *Blue Moon* qui arriva jusqu'à eux et qu'ils n'entendirent pas.

L'homme était reparti depuis une heure lorsque Jacques revint de la partie de boules. Elle lui dit bonsoir. Il alluma et se déshabilla.

— Tu ne dors pas encore?

— J'ai chaud, dit Sara.

Elle le regarda se déshabiller. Elle avait pensé à lui depuis le départ de l'homme, à lui et à l'homme. Et tandis qu'il se déshabillait elle y pensa encore.

— Tu as les cheveux mouillés, dit Sara.

— Je me suis baigné avec Diana sur la petite plage. Il faudra que tu viennes un soir, c'est épatant.

— Et les autres, ils n'ont pas voulu? et Ludi?

— Oh! Ludi.

Il alluma une cigarette. Il s'assit sur le lit.

— Ludi, il aurait bien voulu, reprit-il, mais c'est Gina qui n'a pas voulu, parce qu'en revenant il l'aurait réveillée. Toujours la même chose.

Il s'allongea, éteignit la lumière.

— Et toi, qu'est-ce que tu as fait?

— Rien. On a bu un verre de vin ensemble. Il attendit un moment.

— Et il est parti?

— Oui.

Il lui prit le bras.

— Tu as envie de me tromper, non?

— Comme toi, dit Sara.

Il fumait sa cigarette dans le noir, et de l'autre main, il la tenait contre lui. Quand il tirait sur sa cigarette, sa figure s'éclairait, elle le voyait de biais s'enflammer comme un brasier.

— Pourquoi tu me le dis, que tu as envie de me tromper?

— Je ne sais pas, dit Sara, de temps en temps j'ai envie de te dire la vérité.

Elle le vit sourire.

— On devrait y être habitué pourtant, dit-il.

Elle ne répondit pas.

— Tu as très fort envie de me tromper?

— Comme toi, répéta-t-elle.

— Comment le sais-tu que j'ai envie de te tromper?

— Comme tu regardes les femmes. Et puis je sais que c'est pareil pour toi et moi.

Il attendit une minute pendant laquelle il fuma.

— Tu sais, dit-il, je supporte mal cette idée-là.

— Je la supporte bien, dit Sara.

Il posa sa cigarette dans le cendrier, ralluma, et la regarda dans la lumière.

— Est-ce que tu crois que Gina, par exemple, n'a jamais envie de tromper Ludi?

— Je crois, jamais. Mais on ne peut jamais savoir.

— Pourquoi y a-t-il des femmes comme Gina?

— Je ne sais pas, dit Sara. Elles oublient d'y penser. Enfin, on pourrait le croire...

Il ne répondit pas.

— Tu ne pourrais pas supporter ça, dit Sara, une femme qui n'y penserait pas.

— C'est vrai.

Il la regarda encore, lui caressa les cheveux.

— Tu es moins triste à cause de ces vacances, dit-il. Oh! que je le voudrais.

— Tu vois ça comme ça?

— Oui. A ta petite gueule, tout de suite. Même à ta voix.

— C'est vrai qu'on s'habitue à cet endroit, non?

Il éteignit la lumière. Un moment se passa.

— Moi, je m'y habitue mal, dit Jacques. Mais il y a Ludi et la mer, alors.

— Là ou ailleurs, dit Sara, il faut bien passer ses vacances quelque part, non?

— Sans doute, dit-il, mais — il hésita — je n'aime pas beaucoup cette façon de voir.

CHAPITRE III

Le lendemain, la chaleur était toujours là, égale à elle-même.

Il n'était pas tombé une goutte d'eau dans la nuit. La brise n'avait pas été très forte et le feu, dans la montagne, n'avait pas beaucoup gagné. Sara se réveilla encore une fois la première, encore une fois vers dix heures. Elle trouva l'enfant assis au même endroit que la veille, sur les marches de la véranda en train de contempler le jardin déjà écrasé de soleil.

— Je regarde passer les lézards, dit-il.

Les fesses nues sur les dalles, vêtu seulement d'une petite chemise, il fixait les coloquintes d'où, croyait-il, démarraient les lézards vers les broussailles de roseaux qui bordaient le fleuve. Elle le laissa là et elle alla dans la cuisine. La bonne, prévoyante, faisait le café le soir. Sara ne prit pas le temps de le faire chauffer. Elle le but froid, une grande tasse, d'un seul trait — les nuits assoiffaient autant que l'alcool — puis elle alluma une cigarette et elle retourna s'asseoir sur les marches de la véranda, près de l'enfant.

Et comme ils étaient en vacances, elle n'eut rien d'autre à faire que d'attendre l'arrivée de Ludi ou de Diana.

Les yeux au loin, vers les coloquintes, l'enfant guettait toujours les lézards.

— Tu en as vu beaucoup?

— Un million — il se ravisa — au moins deux.

Il se tourna vers elle, mais ses pensées étaient ailleurs, ivres de lézards.

— Et papa?

— Il dort. Tu as faim ce matin?

— J'ai volé du pain dans la cuisine je voudrais que papa il m'attrape un lézard.

Elle se pencha, l'embrassa. Toujours cette odeur ensoleillée.

— Alors comme ça tout seul, tu t'es débrouillé pour déjeuner?

— J'ai été voir Jeanne elle m'a dit merde alors j'ai été prendre du pain dans le buffet.

— Je te donnerais bien du lait, dit Sara pour elle seule, mais le lait, ici, il tourne à huit heures du matin. Je vais te faire un peu de thé. Tu veux du thé?

— Oui quand papa il se réveillera je lui dirai de m'attraper un lézard et je le mettrai dans une boîte.

Elle se pencha, l'embrassa encore, respira encore — jusqu'au vertige — le parfum ensoleillé des cheveux de son enfant.

— Je t'aime plus grand que la mer, dit-elle.

— Et l'Océan?

— Plus que l'Océan, plus que tout ce qui existe.

— Et tout ce qui existe pas?

— Plus aussi que tout ce qui existe pas.

— Moi aussi, dit distraitement l'enfant, ce que je voudrais c'est un lézard rouge papa il dit que ça existe.

— Ça existe.

Elle essaya de le prendre dans ses bras, mais il se débattit, tout aux lézards. Elle le reposa par terre et il se remit immédiatement à son guet inlassable.

Elle retourna à la cuisine, but encore un peu de café et fit le thé. La bonne se leva. Elle arriva en bâillant et en s'étirant. Elle avait dû se coucher tard. Son fard était resté de la veille et sous ses cheveux frisés et ternes elle avait un petit visage orgiaque et sale. La chaleur était telle que c'était rare qu'on ait la force de se dire bonjour. La bonne à son tour se servit en silence de café froid et se dirigea comme une somnambule vers la salle de bains. Jacques se leva aussitôt après elle. Il vint vers Sara, l'embrassa, sans un mot, et but lui aussi une tasse de café froid. Et aussitôt après il fit comme avait fait Sara, il alla s'asseoir sur les marches de la véranda. Elle l'entendit parler d'un ton exténué de l'existence des lézards rouges. Puis le thé fut prêt et elle en apporta une tasse à l'enfant.

— Quelle nuit, dit Jacques. Mais après le café ça va mieux.

— Il faut, il faut qu'il pleuve.

L'enfant avala son thé, en réclama encore. Les enfants et les plantes se mouraient de soif.

— J'ai dormi deux heures sur la véranda, dit Jacques, le lit brûlait. Je suis complètement abruti.

— On l'est tous, sauf Ludi, dit Sara.

Elle vint s'asseoir à côté de lui sur les marches.

— Un lézard rouge papa.

— Impossible, dit Jacques.

Il alla dans la cuisine, remplit un broc d'eau

froide et revint se doucher dans le jardin, près des coloquintes.

— Ce sera toujours ça de pris pour ces pauvres connes de coloquintes, dit-il.

A son tour, elle alla dans la cuisine, remplit un broc d'eau, puis doucha longuement l'enfant, cette fois près des zinnias. De l'autre côté de la barrière le pêcheur les observait en souriant. L'enfant, les yeux fermés, riait sous l'eau. Elle alla en chercher encore trois brocs, le doucha encore, longuement, lentement.

— Heureusement qu'il y a encore de l'eau dans les puits, dit le pêcheur.

— Heureusement.

Elle laissa l'enfant courir nu dans le jardin, évita de l'essuyer afin qu'il conservât plus longtemps la fraîcheur de la douche.

La bonne sortit sur le perron, prête, fardée, un torchon à la main.

— Qu'est-ce qu'on prend, dit-elle. Je crève.

— On crève tous, dit Jacques.

A son tour, Sara se doucha, comme Jacques, près des coloquintes. Puis, la salle de bains étant enfin libre, elle se coiffa, s'habilla, toujours très lentement. Plus lentement encore, sans doute, que ne l'exigeait la chaleur.

Une heure passa ainsi.

Jacques, assis sur les marches de la véranda, fumait, les yeux sur le fleuve. Il ne jouait ni ne parlait avec l'enfant. Les nuits étaient trop chaudes. Dormir, éreintait. Et les matinées, lourdes et vides, se passaient à sortir lentement de ces nuits. Sara vint enfin s'asseoir près de lui. L'heure du bain était presque atteinte. L'heure cornélienne de la journée où il fallait choisir de gagner la mer.

— Ça va mieux, dit Sara. Et toi?

— Ça va — il la regarda — toi, ça a l'air en effet d'aller mieux.

— Ça va mieux. Il fait chaud dans le monde entier.

— Peut-être, dit Jacques. Mais tu vois, maintenant, je crois que c'est moi qui commence à en avoir marre de l'endroit.

Il prit une cigarette, l'alluma et dit d'un ton naturel :

— Alors? dis-moi? qu'est-ce que vous vous êtes raconté avec le type?

— Tout et rien.

— Mais encore?

— On a parlé comme on parle d'habitude, de tout, de rien.

— Je vois, dit-il.

— C'est curieux, dit-elle, je ne penserais pas à te demander ce que vous vous êtes dit avec Diana.

— Avec Diana, c'est différent, dit-il. Il ajouta avec une petite hésitation : Et puis Diana, tu sais bien, je te l'ai donnée.

— Je sais, dit Sara.

Jacques s'étira tout à coup.

— Que je voudrais voyager, voyager, dit-il, m'en aller.

— Quand me l'as-tu donnée? demanda Sara.

— Peu importe, dit Jacques, surpris.

— Je dis que je savais mais pas à ce point.

— Je ne sais plus... deux ans... Qu'est-ce que ça peut faire?

— Rien. Moi je n'ai plus très envie de m'en aller d'ici.

— Moi je voudrais m'en aller, dit Jacques, voyager. J'en crève. Ne plus travailler pendant deux ans et voyager.

— Vivre dans les hôtels, ça doit être épatant, dit Sara. Diana vit beaucoup dans les hôtels, au fond.

— Oui. Je crois que ça lui est plus indispensable qu'à une autre.

— Sans doute. J'aimerais bien aussi quelquefois. En ce moment, par exemple. Pourquoi ça lui est plus indispensable qu'à une autre?

— Comment dire? Peut-être qu'elle répugne plus qu'une autre à s'installer, dans la vie...

— Elle a de la chance, dit Sara, elle est très intelligente.

— Qu'est-ce que ça à voir?

— Rien. C'est une réflexion que je me fais. C'est la femme la plus intelligente que tu aies connue.

— Je crois, oui. Mais ça veut rien dire.

— C'est dommage, dit Sara.

— Quoi?

— Que tu me l'aies donnée.

— Pourquoi?

— Parce que je n'ai rien à en faire, de l'intelligence.

— C'est de la prétention, dit Jacques. D'ailleurs, moi aussi je m'en fous.

— Tu dis toujours ça. Et pourtant, tu vois, je crois de plus en plus que je n'ai rien à en faire.

— Ce n'est pas vrai, dit Jacques. C'est la pire des prétentions.

— Si tu en es sûr, dit Sara, alors il faut que je te croie.

— Ce que tu peux m'agacer, dit Jacques.

Il se leva, alla dans la cuisine, reprit un bol de café froid et revint.

— Je crois que je vais quand même faire un voyage, dit-il.

Il regarda Sara qui regardait le fleuve. L'enfant jouait dans le soleil.

— En voyage je peux me passer de tout.

— Oui, dit Sara. A l'hôtel on peut se passer de tout le monde.

— Oui.

Il se rassit à côté d'elle sur les marches.

— Il est comment ce type?

— Je ne le connais pas, dit Sara. Et il n'est pas bavard.

— Ça change de ceux qui le sont?

— Ça change un peu.

— Je ne sais pas pourquoi, il ne m'est pas très sympathique.

Sara ne répondit pas.

— Je me méfie des gens qui sont sur leurs gardes tout le temps. Il y a une certaine réserve du genre aristocratique que je n'aime pas.

— Il te faut toujours un peu de temps pour trouver les gens sympathiques.

— Sans doute, dit Jacques.

— Mais tu verras, tu le trouveras sympathique.

— Tu crois?

— Tu verras.

Ils se turent parce que Diana ouvrait la porte du jardin. D'habitude, quand elle venait, elle arrivait toujours bien après Ludi. Elle était à bicyclette.

— Je meurs, dit-elle, je voudrais de l'eau fraîche. J'ai pris la bicyclette de Ludi pour aller plus vite.

La bonne lui apporta un verre d'eau. Elle l'avala d'un trait. Puis elle s'assit sur le perron.

— A part ça, ça va, dit-elle.

— Tu as une belle jupe, dit Jacques.

— Une vieille jupe, dit Diana — elle regarda Sara. On va se baigner?

— Et comment qu'on y va, dit Jacques. Je vais chercher les maillots.

Il disparut dans la maison. L'enfant se mit à jouer à l'ombre des coloquintes, près de Sara et de Diana, à l'endroit même où Jacques s'était douché.

— C'est bien de jouer avec la boue, l'encouragea Diana.

L'enfant en était déjà couvert, mais tout était mieux que le soleil pour les enfants. Le soleil faisait peur.

— On s'est disputés, dit Sara.

— Je vois, dit Diana. Elle ajouta : Et pourquoi?

— Pour des choses sans importance, dit Sara. Elle fit un geste vague.

Diana se pencha vers elle tout en ne cessant pas de la regarder.

— Vraiment sans importance?

— Vraiment.

— Tu es rentrée tôt hier soir, dit Diana sur le ton de la conversation.

— On est allé boire un verre de vin ensemble avec ce type.

— Je l'ai vu à l'hôtel ce matin. Il est sympathique.

— Ça change un peu des autres, dit Sara.

— Oui, ça change, dit Diana.

La bonne apparut, coiffée et lavée.

— Alors, dit-elle, comment c'est que ça se passe aujourd'hui?

Elles se mirent à rire.

— Je ne sais pas, dit Sara.

— Alors, c'est pas moi qui vous le dirai, dit la bonne en rigolant.

— On va réfléchir, dit Diana.

Jacques arriva avec le sac de maillots.

— On y va?

— Ludi arrive, dit Diana, attendons-le. Il est parti en même temps que moi.

— Toujours attendre tout le monde, dit Jacques. Attendons.

Tout le monde resta assis silencieusement sur le perron, à fumer, puis Ludi surgit par la barrière. Il était aussi frais qu'un poisson.

— Quel temps magnifique, dit-il.

— Tu te fous de notre gueule, dit Jacques.

— Oh! non, dit Ludi, c'est magnifique cette chaleur, sur le chemin j'entendais mon sang qui bouillait, je l'entendais réellement. Il faut vous dépêcher, il y a là le type qui veut aller jusqu'à Pointa Bianca, et c'est vrai que c'est un soleil à y aller. Il prendra quatre personnes dans son bateau et Giulio six dans le sien. Ça va?

— Ça va, non? dit Diana.

Sara acquiesça d'un signe de tête. Jacques hésita :

— J'aurais bien lu ici tranquillement, dit-il.

— On ne peut pas lire, dit Sara, tu le sais bien.

La bonne apparut, encore une fois.

— Je vous embête peut-être, dit-elle, mais qu'est-ce que vous faites aujourd'hui?

— On va faire une promenade en bateau, dit Ludi. On ne peut pas emmener l'enfant, aujourd'hui, non, c'est trop chaud le soleil de Pointa Bianca pour les enfants.

— Alors, vous le ferez manger, dit Sara, une tranche de jambon et un artichaut.

— Jambon, comment c'est que ça se dit?

— *Prosciuto*, dit Ludi. Et jambon cuit *prosciuto cotto*.

— Si vous croyez que je vais retenir un truc pareil, dit la bonne.

— Amenez du papier avant de demander quoi que ce soit, dit Sara.

— Je me demande ce que vous pouvez bien tous avoir ce matin, dit la bonne.

Elle apporta le papier. Ludi écrivit.

— Et le petit, qu'est-ce que vous en faites maintenant?

— Vous le mènerez à la plage et vous le surveillerez, dit Sara.

— Je vous préviens, dit la bonne, s'il fout le camp dans l'eau, je le rattrape pas, moi l'eau, j'en ai peur et je peux rien faire contre.

Ludi se leva et la considéra.

— Vous êtes extraordinaire, dit-il, j'ai jamais vu quelqu'un comme vous.

La bonne, flattée, sourit à Ludi.

— Merde à la fin, dit Diana, elle n'a qu'à prendre le train à la fin des fins.

La bonne cessa de sourire et considéra Diana, interloquée.

— Écoutez, dit Jacques, vous allez le conduire à la mer. S'il se noie, je vous noie en revenant. Vous avez compris?

Tous éclatèrent de rire. Y compris la bonne qui se dirigea vers l'enfant.

— Alors, tu t'amènes? dit-elle. — L'enfant obéit. — Viens t'habiller et on file.

— Nous, il faut partir, dit Ludi, parce que Gina, elle veut aller voir les vieux avant le déjeuner.

— Ah! c'est vrai, il y a ceux-là encore, dit Diana.

— Je ne sais pas si j'y vais, dit Jacques, je crois quand même que je vais lire.

— C'est beau les rochers, dit Ludi, viens,

tu peux pas t'imaginer comme c'est beau. C'est blanc, un blanc que tu n'as jamais vu, je suis sûr, de ta vie.

— Viens, dit Sara.

Ludi et Diana s'en allèrent. Jacques prit son maillot et ils partirent tout de suite après Ludi et Diana.

— Alors, tu veux que je vienne? dit Jacques.

— Oui.

— C'est comme pour moi. Quand t'es pas là, ça me fait chier.

Ils se regardèrent et se mirent à rire.

— Qu'est-ce que tu veux y faire? dit-elle.

Ludi et Diana les attendaient à l'entrée de la maison. Il ne faisait pas grand soleil. Une brume épaisse tapissait le ciel. Le fleuve renvoyait une lumière de fer. Il n'y avait jamais de vent le matin. L'incendie avait peu gagné, mais l'air sentait le feu. Ludi et Jacques marchaient en avant.

— Elle va le battre, dit Sara, elle va le laisser se noyer.

— Il y a tout le monde à la plage le matin, dit Diana, il n'y a aucun risque.

— Je dois m'habituer à moins y penser.

— Je ne sais pas pourquoi, dit Diana, en montrant Jacques, il me semble parfois que j'ai plus d'amitié pour toi que pour lui.

— Non, dit Sara, ce n'est pas vrai.

— Tu ne peux pas savoir, dit Diana.

Le soleil réapparut derrière son épaisse couche de brume. Il brilla un instant.

— Je le sais, dit Sara, même quand tu t'engueules avec lui, même à mon propos, je le sais encore.

Diana ne répondit pas. Elle s'arrêta.

— Oh! que je voudrais qu'il pleuve, dit-elle.

— Mais il va pleuvoir, viens, dit Sara.
Jacques et Ludi s'étaient retournés.

— On crève de chaleur, leur dit Sara.

Jacques regarda Diana avec un peu d'insistance, puis ils continuèrent leur chemin.

— Tu verras, dit Sara, un jour où on ne s'y attendra pas la pluie arrivera.

— On est toujours tenu de penser à quelque chose, et je ne suis plus tellement jeune, et j'ai rencontré beaucoup d'hommes.

— Je sais, dit Sara. Mais tu es toujours là à t'intéresser à l'histoire des autres.

— Oh! les histoires des autres, ce que j'en ai marre, dit Diana.

— Mais peut-être que tu en as une comme tout le monde, dit Sara. Que les autres n'en ont pas plus que toi, ni plus ni moins.

— Ce n'est pas vrai, c'est difficile d'avoir une histoire toute seule. Toi, quoi que tu fasses, ça se ramène à l'histoire que tu as avec Jacques, rien à faire.

— C'est pas ça, les histoires, dit Sara, une seule à la fois.

— Tu es bien trop profonde pour avoir passé une nuit comme tout le monde, dit Diana.

— J'ai passé une nuit comme tout le monde, dit Sara.

— Tu es sûre?

— Sûre, dit Sara.

Ils étaient arrivés à l'embarcadère. Jacques et Ludi attendaient.

— C'est sûr que si ça continue à ne pas pleuvoir, dit calmement Diana, on crève tous.

— Mais non, dit Ludi, on croit ça, mais c'est pas vrai.

— Quand même, dit Jacques, c'est une espèce de record.

— C'est pareil dans toute l'Europe, dit Ludi, à Paris, 43, à Modène, 46, à Berlin, aussi, 43 comme à Paris.

— Ce n'est pas une raison, dit Sara.

— Tu as tendance, dit Jacques en souriant — il avait retrouvé sa bonne humeur — à faire de la chaleur une fatalité personnelle.

— Je commence moi aussi, dit Diana, ça doit être féminin.

— C'est pourtant beau comme la révolution cette chaleur-là, dit Ludi.

— Voilà les autres, dit Sara.

Les autres arrivaient en effet de l'hôtel. Ils crièrent qu'ils étaient prêts et se précipitèrent dans les bateaux. Jacques préféra ne pas monter dans celui de l'homme. Diana et Sara y montèrent, suivis de Ludi et de Gina. L'autre bateau était une barque à moteur conduite par un jeune homme du village. Il y avait dedans huit des autres clients de l'hôtel. L'homme dit bonjour à Sara après avoir dit bonjour à Diana et à Gina. Diana le regarda, mais il n'y avait rien de particulier dans le regard de l'homme qu'eût pu percevoir Diana. Il s'assit près du moteur, à l'avant. Ludi alla près de lui. Diana s'étala dans le fond du bateau et Sara s'assit à l'arrière avec Gina. Tout le monde avant de monter s'était mis en maillot de bain. Gina rangea les affaires dans une toile de caoutchouc et ils partirent sur le fleuve. L'autre bateau les avait devancés, mais ils eurent vite fait de le rattraper. L'homme alla vite. Même dès le départ, pour avoir du vent. Ludi riait. Diana cria de plaisir et Gina elle-même ferma les yeux et se laissa aller au vent. Sara s'étala de tout son long à côté de Gina, dans le sens du vent, les pieds accrochés aux rebords du bateau. Le village défila, morne, sous le soleil. Des enfants criaient de joie, le long des berges, en voyant passer le bateau. Quelques-uns se jetèrent dans le fleuve, d'enthousiasme. Ludi les interpella par leurs noms en criant et en riant. Ils eurent très vite fait de gagner la mer. Sara vit Jacques à l'avant de la barque à moteur, debout et penaud qui les regardait en souriant. Puis la digue arriva. A sa hauteur, l'homme vira suivant un cercle large et parfait, sans presque ralentir. Gina tomba sur Diana et elle se mit à engueuler l'homme comme si elle le connaissait depuis longtemps. Le bateau passa ensuite devant la petite plage. Sara regarda de toutes ses forces et ne réussit à voir ni le petit ni la bonne. Elle l'oublia. Immédiatement après la petite plage, les falaises apparurent. Elles étaient basses, mais allaient en s'élevant toujours davantage jusqu'à Pointa Bianca. Là elles étaient encore couvertes de figuiers et d'arbousiers avec de temps en temps un pin ou un if nain presque complètement dénudé par le vent. A cet endroit-là, le long des falaises, il y avait toujours une houle de fond, très longue, et le bateau roulait doucement. L'homme manœuvrait à la fois le moteur et l'aviron à l'aide d'une corde. Il se tint toujours à égale distance des falaises jusqu'au premier petit golfe après la plage. Une fois arrivé là, il cria à Ludi :

— On va passer plus près pour voir le fond de la mer.

Il diminua progressivement de vitesse et s'approcha obliquement des falaises qui étaient maintenant hautes d'une centaine de mètres et beaucoup plus dénudées que tout à l'heure.

Il arriva à une dizaine de mètres de leur base. Chacun se retourna et regarda le fond de la mer. Celui-ci n'était visible que du côté où la coque du bateau faisait de l'ombre et ils ne purent regarder que tour à tour. Sara regarda après Ludi. Le fond de la mer semblait très proche, il brillait comme un clair de lune parfois traversé des rayures vertes du jour. L'homme dit à Ludi d'essayer de tenir le volant du hors-bord, que ce n'était pas très difficile et que lui s'occuperait du gouvernail. Ludi prit le volant, un peu effrayé. L'homme passa à l'arrière, près de Sara. Il ouvrit le coffre où se trouvaient les lunettes sous-marines et se pencha vers Sara. Ludi conduisait, épouvanté par sa responsabilité, tourné vers l'avant. Gina et Diana, elles, étaient penchées vers le fond de la mer. Bonjour, dit l'homme. Sara ne répondit pas. Il retira lentement les lunettes sous-marines du coffre, frôla de sa tête le pied ballant de Sara et l'embrassa. Personne ne vit, ne pouvait le voir. Il repartit à l'avant et reprit le volant des mains de Ludi. Il proposa les lunettes sous-marines à Gina. Mais Gina cria qu'elle n'osait pas se jeter dans la mer si près des falaises de crainte de ne pouvoir ensuite remonter dans le bateau à cause de la houle. L'homme n'insista pas. Il augmenta un peu la vitesse et expliqua en criant toujours — les falaises proches faisaient résonner les voix d'étonnante façon — qu'il était obligé d'augmenter la vitesse parce que là c'était dangereux. La houle devint profonde et puissante — ils doublaient un cap — et le bateau cisaillait sa surface un peu comme il pouvait, il allait de-ci, de-là, comme un insecte, toujours entraîné vers la côte. La moindre inattention et il aurait été envoyé à la volée contre les falaises. Un petit golfe arriva enfin, plus calme, où la roche, de nouveau, était fleurie de cinéraires et d'arbousiers. Une des parois du golfe projetait sur la mer une ombre assez vaste. L'homme décida de la traverser et de suivre le mouvement des falaises. Une fois l'ombre atteinte, le fond de la mer apparut. Sara cria. L'homme se retourna, sourit, mais ne sortit pas de l'ombre du golfe. Il dit d'essayer de continuer à regarder. C'était l'envers du monde. Une nuit lumineuse et calme vous portait, foisonnante des algues calmes et glacées du silence. La course des poissons striait son épaisseur d'insaisissables percées. De loin en loin, la vie apparemment cessait. Alors des gouffres nus et vides apparaissaient. Une ombre bleue s'en élevait, délicieuse, qui était celle d'une pure et indécelable profondeur, aussi probante sans doute de la vie que le spectacle même de la mort. Mais Diana cria qu'il fallait partir.

— Vous ne savez pas, dit Diana, que nous ne sommes pas des gens à pouvoir supporter le fond de la mer?

— Mais personne ne le peut, dit l'homme.

Il regarda Sara en riant, lui aussi, mais de façon insistante, comme il n'avait pas fait encore depuis le départ et tout comme si une audace lui venait subitement à regarder ces choses.

Il s'éloigna des falaises et quitta l'ombre du golfe. Comme ils en sortaient pour gagner la mer, ils croisèrent un radeau, chargé de blocs de pierre qui se dirigeait vers la digue du fleuve. Il allait si lentement qu'il paraissait immobile : des ouvriers, assis ou allongés sur les pierres se reposaient pour l'éternité sur cette île flottante. On se cria bonjour et des choses sur la mer et la chaleur. Puis ils dépassèrent le radeau. L'homme s'éloigna encore un peu plus des falaises et, à une centaine de mètres d'elles, brusquement, il augmenta beaucoup la vitesse et fila tout droit vers Pointa Bianca. Le bateau à moteur, à ce moment-là, les avait presque rattrapés. Sara put encore voir Jacques, tout nu, à l'avant du bateau poussif. Il lui sourit comme un pauvre pêcheur fait à son destin. Elle rit, lui rit et lui fit des signes de la main. Il lui répondit. L'homme augmenta encore la vitesse et de nouveau ils le laissèrent bien en arrière. En dix minutes à peine ils arrivèrent. La falaise de Pointa Bianca était un peu plus haute que celle qui surplombait le golfe. Elle était de marbre blanc, complètement dénudée, sans une herbe. Toute une partie s'en était écroulée dans la mer qui était jonchée de blocs éclatants. La plage se trouvait précisément dans l'excavation provoquée par la chute. Elle n'était pas de sable mais de galets de marbre, également éclatants. Là, la réverbération était telle qu'on ne pouvait sans souffrir regarder les falaises. Ludi et l'homme sautèrent dans l'eau et remorquèrent le bateau jusqu'à la plage. Diana, Sara et Gina descendirent aussi pour alléger leur travail. Elles plongèrent aussitôt. Une fois le bateau arrêté, la chaleur devenait extraordinaire et on ne pouvait pas attendre pour plonger dans la mer. Diana et Sara, tout en nageant, suivirent le bateau jusqu'à la grève. L'ombre de son acajou faisait rougir les galets de marbre sous sa coque. Une fois le bateau amarré, l'homme, Ludi, et ensuite Gina, s'en allèrent vers le large, en nageant de toutes leurs forces. Diana resta près de Sara, allongée dans la mer. Ici, il n'y avait plus d'algues mais seulement les galets qui blessaient les pieds. L'eau était pure et vive comme un alcool. La barque à moteur arriva. On la hissa près du hors-bord. Ludi et l'homme revinrent à l'aide. Puis Jacques plongea, piqua vers la haute mer à son tour, et revint s'étendre près de Sara et de Diana. Elles lui dirent que leur bateau était près des falaises et qu'elles avaient vu le fond de la mer qui était extraordinairement beau. Aussitôt, Jacques se dressa et cria à l'homme de lui prêter ses lunettes sous-marines. L'homme lui indiqua la place où elles étaient dans le bateau et Jacques alla immédiatement les chercher. Il y en avait deux paires. Il les prit toutes les deux et il demanda à la cantonade qui voulait bien venir avec lui. Diana refusa en disant qu'elle était anéantie de bien-être. Gina accepta.

— Je vais aller avec toi, mon petit, dit Gina.

Tout le groupe était dans la mer, éparpillé plus ou moins loin. Jacques et Gina s'éloignèrent côte à côte, dans un même mouvement.

— Ça, elle l'aime, la mer, dit Diana. Dedans, elle est comme une jeune fille.

— Tu ne te baignes pas?

— Pas envie aujourd'hui, mais je vais y aller quand même. Gina peut nager tous les jours, elle n'en a jamais assez. Moi, si.

— La question ne se pose pas pour moi, dit Sara, je le regrette.

— Qu'est-ce que tu as fait hier soir?

— Tu dis que tu as marre des histoires des autres, et tu recommences chaque fois.

— Ce n'est pas tant que je voudrais le savoir, j'aurais voulu que tu me le dises.

— Et toi, qu'est-ce que tu as fait?

— Je me suis baignée avec Jacques. J'avais envie de me baigner et il m'a accompagnée. Tu le sais, d'ailleurs.

— Je sais peu de choses, dit Sara. Mais c'est vrai qu'il me l'a dit.

— La flemme de parler, ça me dégoûte...

— Je te parle, dit Sara. Je ne lui demandais rien et il m'a dit qu'il s'était baigné avec toi sur la petite plage.

— C'est moi qui lui ai demandé de m'accompagner. La partie s'est terminée tôt.

— Ça aussi il me l'a dit.

— Tu vois, Sara, dit Diana doucement, je le savais depuis longtemps que ça devait vous arriver un jour ou l'autre.

— Tu ne sais rien, dit Sara.

Diana partit à la nage. Elle nageait bien. Sara se dit qu'elle aussi elle devait nager un peu. Elle essaya deux ou trois brasses vers les autres, mais le fond s'abaissait si vite qu'elle prit peur et y renonça. Elle revint où elle était. Elle était seule à cet endroit-là, si près de la plage. L'homme arriva vers elle, calmement, dès le départ de Diana. Il se coucha lui aussi dans la mer, près d'elle. Jacques était loin. Il regardait le fond de la mer.

— Venez avec moi jusqu'à ce rocher, dit l'homme.

Le rocher était à douze mètres de là, assez large et plat.

— J'ai peur lorsque je n'ai pas pied, dit Sara.

— On a pied, dit l'homme. Je vais marcher à côté de toi et tu verras bien qu'on a pied, toi, tu nageras.

— Mais pourquoi ne pas rester là?

— Je ne sais pas, pour te voir nager, pour faire quelque chose avec toi.

Elle le suivit, elle s'appliqua à bien nager. Il la regarda nager en souriant. A mesure qu'elle avançait il s'enfonçait progressivement dans la mer.

— Regarde-moi, dit-il. Ne te presse pas. Tu es tout près du rocher.

Lorsqu'ils arrivèrent, sa tête décapitée sortait seule de la mer, très proche de la sienne, très proche. Le rocher était lisse avec sur le côté, une sorte de petite plate-forme. Il l'aida à se hisser dessus. Elle s'allongea, fatiguée d'avoir tant nagé. Il s'assit près d'elle, les pieds dans l'eau.

— Bonjour, dit-il.

— J'ai le cœur qui bat, dit-elle, elle lui sourit. Bonjour.

Ils regardèrent au loin. Diana et Ludi s'étaient rejoints. A leur gauche, il y avait le plus gros des clients de l'hôtel et entre ce groupe et Ludi il y avait Jacques et Gina allongés sur la mer comme des noyés, complètement immobiles, le visage tourné de l'autre côté du monde.

— J'aime bien cette idée, dit Sara, d'avoir couché avec toi.

Il se pencha vers elle.

— J'ai envie de toi. Je voudrais là, tout de suite.

Elle lui sourit, mais pas lui.

— Je voudrais bien une cigarette, dit-elle.

— Peut-être que je suis amoureux de toi. Il regarda encore au loin l'horizon tranquille,

— Qu'est-ce que ça fait? dit Sara en riant.

Ils ne se dirent rien pendant une seconde.

— Si tu veux une cigarette, dit-il, je peux aller te la chercher, je peux nager en fumant. Tu veux?

— C'est beaucoup de dérangement.

— Ça me ferait plaisir d'aller te chercher une cigarette.

— Je veux alors. Mais avant jette-moi de l'eau, je ne peux plus supporter le soleil.

Il prit de l'eau dans ses mains réunies et il l'aspergea. Elle cria un peu parce que l'eau était, par contraste, glacée. L'horizon était toujours parfaitement tranquille.

— Que j'ai envie de toi, dit-il encore.

— Va me chercher cette cigarette.

Il plongea. Elle le vit pendant quelques mètres filer sous la mer, aspiré par sa propre nage, régulièrement, comme une chose inhumaine et malfaisante. Puis le rocher le lui cacha. Il revint très vite, la tête hors de l'eau, une cigarette à la bouche.

— Prends-la, dit-il.

Elle la lui retira doucement de la bouche. Il revint s'asseoir près d'elle, ruisselant.

— Il faut que je couche encore avec toi, dit-il.

— Peut-être qu'il vaudrait mieux ne pas commencer à parler de ça.

— Je veux coucher avec toi encore. Je le veux.

— J'ai chaud. Jette-moi encore de l'eau.

Il l'aspergea comme tout à l'heure et cette fois la caressa, vite, comme un voleur. Mais l'horizon était toujours bleu et tranquille.

— Mais pourquoi tu me plais comme ça, dit-il.

— Mais je ne sais pas. Elle se mit à rire.

— Moi non plus, dit-il.

Elle le regarda sans répondre. Il n'insista pas davantage.

— Tu l'as dit à Diana?

Elle fit signe que non.

— Si, dit-il, j'en suis sûr, non? Même pas à Diana?

— Diana s'ennuie beaucoup, même de choses comme... celles-là.

Jacques et Gina, toujours sur le ventre, revenaient maintenant vers eux.

— Il faut que tu t'éloignes, dit Sara.

— Je te vois ce soir, déclara-t-il.

— Non, ce soir on te vole ton bateau pour faire une promenade.

Il la regarda, incrédule, puis il se mit à rire.

— Voler complètement?

— Non. Histoire de t'embêter. Et seulement pour faire une promenade.

— Je m'en doutais. Il réfléchit. Mais vous ne saurez pas le manœuvrer.

Il pensa à son bateau, manifestement, et cela seul occupa ses pensées pendant quelques minutes.

— Mais je pourrais vous conduire et vous ramener après, non?

— On s'était mis dans la tête de te le voler, ce n'est pas possible. Tu sais bien ce que c'est, des idées de vacances.

— Oh! prends-le, dit-il.

— On te trouve tous beaucoup trop attaché à ce bateau.

Tout à coup, il se saisit de son pied et le serra.

— C'est aussi pour ça que tu m'as invité à... aller chez toi hier soir?

Elle se mit à rire.

— Et même, dit-il, les yeux au loin, je m'en fous.

Elle ne répondit pas plus. Il lui lâcha brusquement le pied.

— Toi aussi, dit-il, tu as envie de moi, je m'en fous.

— Où il est ton bateau, la nuit?

— Dans l'île, à côté de la villa de Ludi.

— Pourquoi le cacher comme ça?

— Je ne sais pas, pour vous embêter tous.

— Va-t'en maintenant, dit-elle.

Le bain dura encore une demi-heure. Sara revint sur la plage. Jacques lui fit essayer la nage sur le dos. Puis elle retourna encore sur la plage. Puis les autres revinrent eux aussi sur la plage. Puis chacun, tour à tour ou en groupe retourna encore dans l'eau. Puis Gina appela tout le monde parce que l'heure de rentrer était arrivée. Le retour fut calme. Sara monta sur la barque à moteur et Jacques lui décrivit les merveilles qu'il avait vues au fond de la mer, il lui dit qu'il aurait beaucoup aimé les voir avec elle et qu'il regretterait toujours qu'elle soit victime de peurs aussi absurdes que celle qu'elle avait par exemple de la mer. Il lui demanda de faire un effort pour essayer de les surmonter. Et elle le lui promit. Ils s'allongèrent à l'avant du bateau et parlèrent ensemble tout le temps que dura le retour de choses et d'autres qui ne concernaient pas directement leur existence.

Lorsqu'ils arrivèrent, il était un peu plus de midi. Gina rentra chez elle prendre les tomates farcies qu'elle avait promis d'apporter là-haut. Le petit était rentré à la villa avec la bonne. Ils montèrent tous vers la maison blanche, y compris l'homme. Un même courage s'emparait d'eux, chaque jour, lorsqu'il fallait qu'ils gravissent ce chemin-là pour aller voir les vieux et ils avaient ceci de commun qu'aucun d'entre eux n'aurait jugé inutile, une fois ou l'autre, d'y aller. Le vent ne s'était toujours pas levé et la forêt sentait le feu. Mais la brume qui tapissait le ciel s'était déchirée et le soleil brillait nu et solitaire, au zénith. L'incendie, à cause de ce soleil, n'était pas visible, mais à sa hauteur une épaisse fumée noire sortait par vannes de l'épaisseur des pins et, à l'est, un petit village fortifié tremblait dans ses effluves. Sara marchait derrière l'homme et Diana. Ludi, qui portait en maugréant les tomates farcies, marchait à côté de Jacques. Gina avait devancé tout le monde et, seule, ouvrait la marche. On aurait pu croire, on avait toujours le sentiment, que la chaleur avait encore augmenté et que c'était à l'instant même qu'elle était la plus grande.

— Je crois qu'il fait encore plus chaud, dit Jacques, mais c'est peut-être à cause de cette odeur de feu. Mais quel bain c'était ce matin.

— Le meilleur, dit Diana, depuis qu'on est ici.

— Tu as vu, dit Ludi, ce soleil sur le marbre? C'était presque le soleil grec. De quoi vous rendre soûl. Non, il ne faut pas se plaindre de la chaleur.

— Qui s'en plaint? demanda Sara.

— Il faut la comprendre, dit Ludi, la laisser faire, l'écouter. Alors, tu l'aimes.

Il se tourna vers l'homme.

— Vous avez beaucoup voyagé?

— Pas mal.

— Est-ce que ce n'est pas vrai qu'il n'y a nulle part ce même soleil?

— Non, nulle part.

— C'est moins blanc, moins sec, non?

— Oui, dit l'homme, et puis je ne sais pas, ça n'a pas cette même odeur. Il ajouta : Et puis ça ne rend pas aussi heureux.

Jacques se retourna et regarda l'homme.

— Je comprends, dit Ludi après un temps.

— Là où je connais, dit Sara, ce n'est pas non plus le même soleil, c'est un soleil gris, plein de pluie et le ciel est toujours lourd.

— Que de soleils, dit Jacques en rigolant, que de soleils différents.

L'épicier était là. Il parlait. Les vieux l'écoutaient avec attention. Ils l'approuvaient de hochements de tête. Ils se tenaient tous les trois le long du mur qui était parallèle au chemin, devant la caisse à savon. Le mur était recouvert de graffiti, de noms enlacés, d'inscriptions politiques. La dernière en date s'adressait aux estivants : « Ne parlez pas tant, n'oubliez pas les cinquante mille chômeurs du département. » Mais l'épicier, lui, parlait de sa vie. Les deux douaniers, à l'ombre de l'autre mur, dormaient, la bouche ouverte, le fusil en bandoulière, terrassés par l'ennui.

— Et puis les familles sont tombées d'accord, dit l'épicier, et le mariage s'est fait. J'ai quitté mon emploi à l'arsenal. On a tout de suite acheté l'épicerie. Elle aimait l'épicerie, vendre. Moi non, mais je l'aimais elle, alors ça n'avait pas d'importance, tandis qu'elle, la pauvre.

— Salut, dit Gina, voilà les tomates farcies au maigre. Par cette chaleur, je trouve qu'il vaut mieux les farcir au maigre.

— Mais elle devait bien t'aimer aussi, dit Ludi.

— Non, dit l'épicier, elle n'a jamais pu,

pendant vingt ans, se distraire une heure de son épicerie. Au début, comme on était là, tout près de la mer, je voulais tout le temps aller me promener en barque. Tout de suite, elle a trouvé ça fou. Pendant deux ans, j'ai insisté. Puis, au bout de deux ans, je ne lui ai plus demandé.

Ils s'assirent tous à l'ombre du grand mur, la vieille se poussa un peu. Sara fut entre l'homme et Ludi. Jacques était en face, à l'ombre du petit mur.

— Et maintenant, dit l'homme, les promenades en mer ça ne vous dit plus rien?

— Non, dit l'épicier, avec elle j'ai perdu ma joie de vivre. Maintenant, je ne suis plus qu'amertume.

— Oh! non, dit Ludi, que c'est faux ce que tu dis là.

— Si, dit l'épicier, vingt ans avec une femme qui ne change pas du tout, on ne s'en sort pas comme ça. On est abîmé pour toujours.

— Remarquez que j'aurais pu les faire à la viande, dit Gina, mais je n'ai pas trouvé de viande qui me convenait.

— Au bout de cinq ans, elle ne m'appelait plus par mon nom, elle m'appelait... autrement. Beaucoup, dans le village, les enfants en particulier qui venaient à l'épicerie m'appelèrent comme elle. Mais à la fin, ça ne voulait plus rien dire. Ce qui est curieux, c'est que je n'ai jamais cassé la gueule à personne. Si je l'avais voulu j'aurais pu casser la gueule à toute la commune et je ne l'ai jamais fait.

— Moi je l'aurais fait, dit le vieux.

La vieille fit entendre un son plaintif en signe d'acquiescement. Elle écoutait l'épicier de toute son attention et elle avait pour le moment oublié sa propre histoire. Ce jour-là, elle n'avait pas l'air d'avoir sommeil.

— Ce qui est curieux aussi, continua l'épicier, vraiment curieux, c'est que je n'ai jamais songé que je pouvais quitter cette femme. L'idée ne m'en venait pas.

Un petit silence s'établit. On se regarda. L'homme tira un paquet de cigarettes de sa poche et en offrit à la ronde. Il n'y eut que Sara qui en prit une. Jacques regarda l'homme une seconde, d'un air perplexe. Depuis sa réflexion sur le soleil, il le regardait assez souvent.

— Alors, vous n'avez jamais cassé la gueule à quelqu'un? dit Diana.

— J'avais comme ça des principes, dit l'épicier, toujours, et même encore, je ne voulais me servir de ma force qu'en signe de gentillesse et pas autrement. En somme, j'attendais de rencontrer l'occasion de la plus grande gentillesse pour m'en servir. Elle n'est jamais venue. Ça m'aurait dégoûté de m'en servir pour moi tout seul.

— Eh! dit Ludi en souriant, tu dis ce que tu veux, mais il y a aussi que tu es mince comme une allumette, épicier.

Il rit très gentiment. L'épicier rit aussi, mais tristement.

— Du moment que tu te racontes, continua Ludi, il faut tout dire et ça aussi. Tu étais peut-être fort, mais de là à casser la gueule à toute la commune...

— Et le judo, dit l'épicier, qu'est-ce que tu en fais? En sortant de l'arsenal j'étais champion de judo de la région. Et il y en avait, je te le dis, des types qui pratiquaient ce sport nouveau, eh bien, c'était moi le meilleur. Avec ces arriérés, ici, j'aurais pu anéantir tout le village.

Il mit sa main perpendiculairement à sa gorge, une passe de judo.

— Mais alors, dit Ludi, tu es devenu vraiment bien petit avec l'âge.

— Moi, dit Jacques, je le crois.

— Et même, dit Gina, si lui, il le croyait? Est-ce que c'est pas ça le principal?

— C'est vrai, dit l'épicier. Mon judo, je l'ai gardé pour moi pendant vingt ans. Ça m'a fait supporter inutilement bien des choses mais je ne voulais pas m'en servir, toucher à cette force-là que j'avais, si bien cachée. Je me disais : elle viendra bien cette occasion de la plus grande gentillesse, elle viendra, t'en fais pas, cette occasion de t'en servir. Elle n'est pas venue. Et voilà.

— Excusez-moi, dit Diana, mais si vous vous en étiez servi un tout petit peu avec elle, de votre judo, je ne crois pas que ç'aurait été une mauvaise chose, enfin, vous me comprenez.

— Non, dit l'épicier, ça ne m'aurait servi à rien. Très vite, elle a fait de moi un homme qu'on ne pouvait plus aimer, qu'aucune femme n'aurait pu aimer, ni elle ni une autre.

— Des imaginations que tu te faisais, dit Ludi.

— Non, dit l'épicier, un homme sans orgueil, et comme elle, sans... goût pour l'amour. Il ajouta, accablé : Elle m'a été fidèle comme un chien avec ça, jamais la moindre infidélité en vingt ans.

— C'est vrai que dans le mariage, dit tristement Ludi, on perd la féminité. Il regarda Gina qui commençait à s'impatienter.

— Quelquefois, dit Jacques, on la garde. Il ne faut pas généraliser.

— Alors, dit Gina, le curé, il est venu?

— Il est venu, il reviendra ce soir, dit le vieux, mais, il regarda sa femme, je crois qu'on va se faire une raison, ça fait quatre jours. Le douanier chef aussi est venu.

La femme baissa les yeux et soupira. Un moment se passa.

— Je crois, dit enfin l'épicier, je crois bien que je suis devenu un peu méchant.

— Oh non! s'exclama Diana.

— Si, dit l'épicier, c'est ce judo qui n'a jamais servi...

— Pourquoi le douanier chef plutôt qu'un autre? dit Jacques. Il regarda l'homme et lui sourit avec effort.

— Trop cherché l'occasion de la plus grande gentillesse, dit l'épicier, maintenant, si je pouvais, je la provoquerais, c'est pourquoi sans doute.

Il se servit un verre de vin. Il avait dû pas mal boire dans la matinée. Il en proposa un à Jacques qui accepta.

— L'occasion de la plus grande gentillesse, dit Ludi à voix basse, ça ou autre chose...

— Alors, vous allez partir? dit Gina à la vieille.

— Ça fait quatre jours qu'on est là, dit la vieille.

— Tout le monde attend l'occasion de la plus grande gentillesse, dit Jacques, et personne n'a jamais l'occasion de se servir de son judo. Il s'adressait à Ludi. Il ne faut pas se frapper, c'est le lot commun.

— Quand même, dit Ludi.

— Non, dit Sara, tout le monde ne l'attend pas si exclusivement.

— Vous devriez aller en ville, dit Diana, épicier.

— Trop tard. Qu'est-ce que je foutrais, moi, maintenant, dans une ville? Pour me faire écraser par les automobiles?

— C'est ça, dit Ludi, un matin on se réveille et puis voilà, trop tard, je crois à ces choses-là. Je n'y croyais pas et je les trouvais naïves...

— Du moment qu'on les croit, dit Gina, qu'est-ce qu'on attend?

— Trop tard, dit l'épicier. C'est par amour qu'on va dans les villes, par amour de l'amour, quoi. Ah! ce que je les ai aimées les villes, à la folie. J'ai fait pendant très longtemps des rêves en couleur de villes imaginaires où j'aurais circulé librement, à l'aventure. Mais les rêves n'ont pas suffi et je suis devenu un peu méchant.

— C'est curieux, dit Diana, je crois que lorsqu'on commence à vouloir passer ses vacances dans des lieux solitaires on ne fait plus de rêves en couleur de villes imaginaires. C'est une opinion, qu'est-ce que vous en pensez?

— Il y a le train, dit Gina, les bateaux et les cars pour quitter tous les endroits solitaires de la terre qu'on veut.

Ludi sursauta, puis il sourit à Diana.

— Le mariage..., dit-il avec effort. Il ne continua pas.

L'épicier but encore un verre de vin. Son propre discours l'enchantait et l'attristait à la fois.

— C'est dans les villes, demanda Jacques, dans ces villes imaginaires et en couleur que vous vous voyiez rencontrer l'occasion de la plus grande gentillesse?

— Oui, dit l'épicier. Dans mes rêves, la nuit, et même dans la journée parfois, derrière ce comptoir de malheur. Pendant qu'elle faisait la comptabilité en particulier. Je me voyais défendre une femme, une certaine femme, toujours la même, qu'une fois, à quinze ans, j'avais vue au cinéma et que des malfaiteurs attaquaient dans une rue pleine de soleil, en été, à midi. Ils l'attaquaient de façon très injustifiée et que je n'ai jamais cherché à éclaircir. Je m'amenais, je les liquidais tous et nous partions, elle et moi, dans la ville. J'ai vieilli et la femme, dans mes rêves, n'a jamais vieilli. Pourquoi est-ce surtout lorsqu'elle faisait sa comptabilité que je la voyais le mieux? Je ne saurais pas le dire. Mais j'y réfléchirai. J'ai pris le parti de m'intéresser à ma vie désormais.

— Il est midi et demie, dit Gina. Je ne sais pas à quelle heure nous allons déjeuner.

— Oh! assez, dit Ludi, avec les heures de déjeuner.

— Si je vous avais vu, épicier, dit Diana, je vous aurais suivi dans la ville, où vous auriez voulu.

L'épicier leva brusquement la tête et rit pour la première fois.

— Oh! Madame, dit-il.

Tout le monde sourit à Diana. Elle avait un peu rougi.

— C'est vrai, dit Jacques, peut-être qu'elle vous aurait suivi dans la ville.

— Mais pas elle, dit Ludi, en désignant Gina.

— Et elle aussi, dit Jacques, en désignant Sara, c'est sûr qu'elle vous aurait suivi. Vous voyez, il y en a quand même qui vous auraient suivi...

— Moi aussi, dit l'homme, je crois qu'elles vous auraient suivi.

Il prit le verre sur la caisse à savon, se servit de vin et but.

— Vous savez ça aussi? lui demanda Jacques.

— Quoi? Qu'elles l'auraient suivi?

— Oui.

— Ce n'est pas difficile de savoir ces choses-là, dit l'homme avec gentillesse.

— C'est vrai, dit Ludi, on le sait tout de suite avec les femmes. On sait aussi tout de suite celles qui ne l'auraient pas suivi.

— C'est vrai, dit Jacques.

Chacun se tut. L'épicier souriait aux anges.

— Je me demande pourquoi tu t'acharnes après moi, cria Gina, si même... même mes façons de femme, même ça.. ça te déplaît.

— Eh! On ne peut pas vivre toutes les vies ensemble, dit Ludi, c'est vrai. Ça ne veut pas dire que je n'aime pas la vie que je fais avec toi.

— Quelquefois, ajouta calmement Gina, on peut se tromper. Quelquefois c'est celles qui n'en ont pas l'air qui suivent les hommes le plus loin à partir des villes. Mais celles-là ne le disent pas.

— C'est vrai, dit Sara.

— Oui, dit Jacques.

Ludi sourit à Gina, mais Gina ne sourit pas.

— Lui, dit le vieux, tout à ses pensées, il désigna la caisse, lui, malheureusement, il n'aimait pas les villes, mais seulement cette saloperie de montagne.

— Saragossa, dit la vieille.

— Eh, oui, dit le vieux, mais c'est parce qu'il ne pouvait pas y aller.

La vieille se remit à regarder la caisse et à gémir tout bas.

— Assez, avec ces saloperies, dit Gina, il faut aller manger.

Elle désigna la vieille qui pleurait.

— Non, dit Diana.

— Si, allons-nous-en, dit Ludi.

Il dit au revoir et s'en alla aussitôt, tout seul. Tous le suivirent. Sara marchait à côté de lui et lui prit le bras.

— Elle aussi se fait une gloire, dit Ludi, de n'avoir jamais changé. C'est pareil. Il aurait pu aussi bien parler d'elle.

Il enlaça Sara. L'homme, Jacques et Diana suivaient derrière sans se parler du tout, écoutant ce que Ludi et Sara se disaient. Gina les dépassa tous et siffla arrogamment, les mains dans les poches de son short.

— Cette folle, cette folle, dit Ludi, et elle se fait une gloire, oui, une gloire, d'être comme ça, sourde à tout ce qu'on peut lui dire.

Il serra Sara contre lui.

— Ma petite fille, dit-il. Il ajouta : Mais tu sais, je sais ça, elle ne changera jamais jusqu'à la mort.

— Tu l'aimeras toujours, dit Sara, comme elle est. Et nous aussi on l'aimera toujours comme elle est.

— Oh! Je ne sais pas.

— Moi, je le crois. Comme on aime toujours, je ne sais pas, la mer. Et puis peut-être qu'il te faut ce difficile amour.

— Mais tu sais, dit Ludi, depuis quelques années, j'envisage dans les choses possibles d'aimer, par exemple, une jeune fille, oui..., c'est ça, une jeune fille. Mais en même temps, je ne peux pas envisager de ne plus l'aimer elle, de me passer d'elle, ça non, je ne pourrai jamais. Mais avant, bien avant, je ne pouvais envisager aucune autre femme dans la vie qu'elle. Alors, tu vois, les choses changent quand même. Il dit cela très bas et personne n'entendit.

— Mais elle le sait, dit Sara, elle sait tout. Pourquoi une jeune fille?

— Je ne sais pas très bien, parce que les jeunes filles ça ne sait pas ce que ça veut, ça doit être pour ça, ça veut tout et rien, les choses et leur contraire à la fois. Mais aimer une jeune fille c'est n'aimer personne puisque ça ne reste pas, puisque ça change en devenant femme. Et quand même, quelquefois, j'y pense. C'est mon rêve en couleur de villes imaginaires.

— Je comprends, dit Sara.

Gina apparut à un tournant, dévalant la pente et toujours sifflant avec arrogance.

— Oh! je suis en colère, dit Ludi, je ne vais pas manger à la maison, je vais aller manger à l'hôtel avec vous, qu'elle les garde ses tomates au maigre.

— Tu les adores, les tomates au maigre.

— Oui, dit Ludi, j'adore comme elle les fait. Elle fait si bien la cuisine qu'elle a fait de moi un homme qui pense deux heures avant le déjeuner aux tomates au maigre qu'elle a faites. Ça c'est un résultat, non?

Jacques devança Diana et vint de l'autre côté de Ludi. « Il y a une chose que je ne peux pas supporter, avait coutume de dire Jacques, ce sont les tristesses de Ludi. » La chaleur, dans la montagne, atteignait son point culminant. L'immobilité des choses était mortelle. On entendait seulement la sourde poussée de la mer contre les falaises et l'énorme bruissement des abeilles sur les arbouses. L'air sentait à la fois, dans cette partie-là de la montagne, le feu et le suc des fleurs. C'était une odeur qui poissait l'air, celle d'une énorme cuisine sucrée.

— Viens manger à l'hôtel, Ludi, dit Jacques, viens pour une fois.

Il s'éloigna en courant et en criant, tout à coup joyeux :

— Je vais commander les bitter campari pour que vous les trouviez tout prêts.

— C'est ça, dit Ludi. Il ajouta : Que je l'aime, ce Jacques-là. Il ajouta encore : Ça me plaît bien cette idée de déjeuner avec vous deux et Diana et ce type. Non, elle le croit, elle le voudrait, mais elle ne peut pas me tenir lieu de mes amis, ça non. Il m'est sympathique ce type, de plus en plus.

Sara ne répondit pas. Ludi se tourna vers elle.

— Et à toi, il ne t'est pas sympathique?

— Oui, dit Sara.

Elle sourit à Ludi.

— Tu vois, dit Ludi, tu vois, moi, je crois qu'il est un peu amoureux de toi.

— Tu vois ces choses-là, toi?

— Tu crois que je suis tellement con que ça? dit-il en riant.

— Ça me fait plaisir, dit-elle.

— Quoi? Qu'il soit un peu amoureux de toi?

— Oui.

— Ah! que je voudrais qu'elle soit un peu comme toi.

— Tu ne le supporterais pas, encore moins que Jacques.

— Bien sûr, dit Ludi, que je ne le supporterais pas, mais c'est comme le bonheur, la souffrance, il faut changer de temps en temps de genre de souffrances, sans ça on devient vieux et imbécile.

— Je crois aussi, dit Sara.

Diana et l'homme arrivèrent à leur hauteur. Diana avait entendu ce qu'avait dit Ludi sur la souffrance.

— C'est facile à dire, dit-elle, ça serait trop beau si on pouvait souffrir seulement de ce qu'on veut.

— Qu'est-ce qu'elle peut avoir quelquefois, Diana? demanda Ludi.

— Elle s'ennuie, dit Sara. Toi, tu t'ennuies jamais?

— Quand même quelquefois oui, dit Ludi. L'hiver, ça m'arrive. L'été, non, jamais.

Ils arrivèrent à l'hôtel. Jacques était là, sous la tonnelle, devant six bitter campari. Le petit jouait avec les autres enfants de l'hôtel. La bonne, morne, regardait au loin, en proie à ses pensées.

— J'en ai commandé un de trop, dit Jacques, Gina n'en veut pas.

— Ça ne fait rien, dit Diana, j'en veux deux tout de suite.

— Elle est contre les apéritifs, dit Ludi. Toujours et toujours elle a été contre les apéritifs.

Sara alla vers l'enfant, le souleva et l'embrassa.

— Qu'est-ce que vous faites là? demanda-t-elle à la bonne.

— Je vous attends. Il veut pas manger à la maison mais chez M. Ludi.

— C'est dommage, dit Ludi, je mange pas à la maison à midi.

— Il devrait dormir à cette heure-ci, dit Sara.

— Rien à faire, dit la bonne, il a piqué une crise au moment de rentrer.

— Je veux manger chez Ludi tout de suite, dit le petit.

— Allez-y, dit Ludi. Je m'en fiche, aujourd'hui je n'y suis pas, vous pouvez tout bouffer. Il expliqua : Quand elle mange à la maison, il y a plus rien à manger quand elle part. Jamais vu manger comme ça.

— Ça alors, dit la bonne, c'est fort. Je peux rien avaler, j'ai pas d'appétit en ce moment. Elle se mit à rigoler doucement.

— C'est pas un reproche, dit Ludi, au contraire, ça me fait plaisir.

— Prenez un bitter campari, dit Sara, vous avez un drôle d'air, ça vous fera du bien.

— C'est dégoûtant votre bitter, dit la bonne, mais j'en veux bien un quand même, ça me remontera. Qu'est-ce qu'il m'en a fait voir à la plage, c'est rien de le dire.

— Il est très difficile, dit Sara, mais il n'est pas méchant.

— Je veux bien le croire, dit la bonne, mais qu'est-ce que j'en ai marre quand même. Merci pour l'apéritif. Après le déjeuner qu'est-ce que j'en fais?

— Qu'est-ce que vous voulez en faire? Vous irez le coucher, je vous rejoins. Soyez un peu gentille avec lui.

Elle prit le petit, l'embrassa dans les cheveux. Le petit criait qu'il avait faim et se débattait.

— Vous comprenez, dit gentiment la bonne, pour vous c'est pas pareil, c'est le vôtre, alors vous pouvez pas comprendre.

— Mais si, on comprend, dit Jacques. Mais même si on ne comprenait pas, qu'est-ce que vous voulez faire contre ça, que ce soit le nôtre précisément?

La bonne rit, elle dit au revoir et s'en alla chez Ludi.

— Je peux plus la voir, dit Diana.

— Moi, il y a des jours où elle me plaît bien, dit Ludi, aujourd'hui par exemple. Il y a des jours où elle est même jolie.

— J'ai une sorte d'affection pour elle, dit Jacques, je ne peux pas m'en empêcher.

Il faisait frais sous la tonnelle. Ils burent leur bitter campari en silence. Deux chacun; Diana et Jacques, trois. Les autres clients avaient commencé à manger. Ils étaient toujours les derniers mais on ne leur en tenait pas rigueur parce qu'ils étaient de bons clients pour les apéritifs. L'homme aussi but trois bitter campari.

— Je commence à les aimer, dit-il, c'est curieux.

Ce fut à Sara qu'il s'adressa. Seule, Diana le remarqua. Les bitter campari faisaient rapidement leur effet d'autant plus qu'ils étaient à jeun, nettoyés par le bain. C'étaient des boissons fraîches, qu'on buvait comme de l'eau et qui rendaient joyeux et plein d'initiative, aussitôt bues.

— Je vais acheter des cigarettes, dit Sara, mettez-vous à table.

— Prends-en deux paquets pour moi, dit Jacques.

Elle s'éloigna. Elle n'avait pas atteint le chemin que l'homme la rejoignit. Il souriait. Il avait l'air un peu soûl.

— Moi aussi, j'ai besoin de cigarettes, dit-il.

Ils s'en allèrent. Le chemin brûlait à travers les sandales, beaucoup plus que celui de la montagne où il y avait quand même l'ombre courte des arbousiers. De maigres lauriers-roses le bordaient, répandant un parfum toujours sucré, mais un peu écœurant. Ils ne pouvaient même pas se regarder à cause du soleil écrasant. Ils ne pouvaient voir l'un de l'autre que leurs pieds poussiéreux et nus dans leurs sandales de plage et ils marchaient vite dans la réverbération aveuglante des murs blancs des villas et du fleuve.

— Je ne voulais pas que tu ailles toute seule chez l'épicier, dit-il en riant.

— J'ai peur que ça se voie, dit Sara.

— La chaleur, les bitter campari, dit l'homme, ce n'est pas de ma faute.

Ils arrivèrent à l'épicerie. Toutes les fenêtres étaient closes et il y faisait une grande fraîcheur. L'épicier était déjà redescendu de la montagne et assis sur une chaise, au milieu de la boutique, il mangeait, un morceau de pain et du saucisson.

— Oh! c'est comme le bain, dit Sara.

La boutique sentait le saucisson, l'ail et l'orange. L'homme demanda des cigarettes américaines. L'épicier dit qu'il n'en vendait plus mais qu'il en avait une réserve en haut, et qu'à lui il les donnerait volontiers. Il monta les chercher, titubant sous l'effet du vin qu'il avait bu là-haut avec les parents du démineur, et de l'âge. Puis ils l'entendirent traverser la pièce à pas tranquilles. L'homme fut sur Sara de toutes ses forces et il l'embrassa durant le temps que l'épicier chercha les cigarettes. Puis, de nouveau, on entendit son pas. L'homme la repoussa presque brutalement et il s'assit sur la chaise qui était au milieu de la boutique. Sara s'adossa aux rayons vides, près de la caisse.

L'épicier, là-haut, ferma une armoire et repartit dans un autre sens. Puis une autre porte s'ouvrit dans le frais silence de la maison.

— Il ne doit pas les trouver, dit Sara.

— Ce soir. Je veux te voir ce soir.

— Oui, dit-elle, ce soir.

— Tu iras à l'autre bal, sur l'autre rive. Tu n'iras pas faire la promenade en bateau. Tu diras que tu as envie d'aller à l'autre bal, pas à celui-ci. Tu le diras?

— Je le dirai.

L'épicier avait trouvé. Il ferma le placard qui grinça une nouvelle fois et il retraversa toute la pièce.

— Mais peut-être qu'on m'accompagnera, dit Sara.

— Tu dois venir seule, tu dois le faire.

— Je le ferai.

Il la regarda, voulut dire quelque chose, puis se mit à rire sans l'avoir dite.

— Pourquoi ris-tu?

— Je pense à quelque chose que j'aurais voulu te dire.

L'épicier déboucha de l'escalier.

— En voilà cinq paquets, dit-il, mais c'est les derniers.

L'homme ne parut pas entendre. Sara s'avança et prit les paquets de cigarettes à sa place. L'épicier les considéra l'un après l'autre.

— Vous êtes fatigués, dit-il. Il ajouta : C'est vrai qu'elle est au bout du village, cette sale boutique, et avec ce soleil...

— Merci beaucoup, dit l'homme. C'est combien?

— Je voudrais des Nationale, dit Sara, je n'en veux que deux paquets pour avoir l'occasion de revenir plus souvent te voir.

— C'est gentil, dit l'épicier. Maintenant qu'ils vont partir, je serai plus souvent à la boutique. Que faire d'autre?

— Mais tu iras les voir, dit Sara.

— J'irai les voir. Et l'hiver je boirai du vin pour que le temps passe plus vite.

Ils payèrent et se retrouvèrent sur le chemin torride.

— Tu viendras?

— J'ai envie de venir.

Le chemin, aussi loin qu'on pouvait voir, était désert, pas l'ombre d'un oiseau ne s'y profilait. Tout le monde était dans les villas en train de déjeuner.

— Ce n'est pas suffisant, dit l'homme, il faut que tu veuilles venir.

Ils marchaient vite, tête baissée, un peu comme des gens poursuivis.

— Je ne reconnais plus tes pieds, dit Sara, peut-être que je les vois pour la première fois.

— Quoi qu'il arrive, dit-il, il faut que tu viennes.

— Lui m'avait trompée souvent mais moi je ne l'avais jamais encore trompé.

— Je sais, dit l'homme.

Des voix entremêlées jaillissaient des fenêtres ouvertes et éclataient dans le soleil.

— C'est une chose importante, un secret, dit Sara. Je n'aurais jamais cru.

— Oui.

— Quelque secret que ce soit, ajouta Sara.

L'homme ne répondit pas. L'hôtel fut là à vingt mètres.

— Là, sous ce soleil, maintenant, je le pourrais, dit l'homme.

— Moi aussi je le pourrais, dit Sara.

— Ce soir, au bal, de l'autre côté du fleuve, à l'heure que tu veux.

Ils arrivèrent à l'hôtel. Les autres commençaient à manger. Sauf Ludi.

— Vous étiez si longs qu'on a commencé à manger, dit Jacques.

— Vous avez bien fait, dit Sara. Il a cherché des cigarettes américaines dans toute la boutique, ça n'en finissait plus.

— Où est Ludi? demanda l'homme.

— Il est rentré, dit Diana. Gina n'est même pas venue le chercher. Il est rentré tout seul, ça l'a pris tout d'un coup, comme une colique. On parlait de ça justement avec Jacques. Il était pourtant bien sûr de rester avec nous.

— La première fois, il ne semble pas qu'on puisse vouloir ces choses-là tout seul, dit Sara. Il faudrait, je ne sais pas... que quelqu'un, qu'une femme, que Gina elle-même le veuille à sa place, pour de bon.

— Elle ne le veut pas pour de bon, dit Diana. Ce qu'elle veut c'est non pas qu'il rentre, comme tous les hommes, c'est qu'il se rende en rentrant, comme un ennemi.

— C'est beau ça, dit Sara, de préférer vivre l'amour comme ça, de vouloir retenir l'amour de cette façon.

— Je ne sais pas, dit Diana.

— C'est quand il a vu ces éternels poissons grillés de l'hôtel, demanda l'homme, qu'il est parti?

— Oui, dit Jacques en riant. Il les a retournés, il les a regardés d'un air dégoûté, il les a sentis, et il est parti en courant.

— Quand elle donne les pâtes aux vongoles aux vieux, dit Diana, c'est pour le punir de la gourmandise qu'il a de sa cuisine, d'elle.

— Enfin, si on veut, dit Jacques. Gina n'acceptera jamais... enfin... on se comprend. Avant tout, c'est contre la vie qu'elle en a ou... ou leur fidélité, c'est pareil.

— Est-ce qu'il y a des fidélités qui ont un sens? demanda Diana.

— Je crois que oui, dit Jacques. Il hésita et dit en riant : Mais celles-là précisément, auxquelles on ne peut pas se soustraire.

— Peut-être qu'un jour Ludi mangera les éternels poissons grillés de l'hôtel, dit l'homme.

— Qui sait? dit Jacques.

Ils mangèrent avec appétit, tout en parlant ensuite de choses et d'autres, indifférentes, comme la chaleur, les voyages, le menu de l'hôtel. Ils burent des express, ils étaient bons et cela les consola un peu du menu de l'hôtel.

— Le feu a encore augmenté, dit l'homme.

A travers les vignes rouges de la tonnelle on voyait, à l'est, beaucoup mieux que la veille, l'immense brasier noir. Il s'étalait sur le flanc abrupt de la montagne, face au fleuve. En son milieu, il y avait une petite portion de forêt intacte, encore verte.

— De toute façon, dit Diana machinalement, il faudra bien qu'ils s'en aillent maintenant.

— Puisque tout va être en règle, c'est une question d'heures, dit l'homme.

— Ce n'est pas à cause du feu, dit Jacques. Ici, le feu, c'est un peu comme l'air, la mer, ça fait partie du monde.

Ils en parlèrent pendant un petit moment, puis Jacques dit à Sara :

— Je voulais te dire quelque chose, une idée qui m'est venue.

— Quand?

— Cette nuit, quand je ne pouvais pas dormir à cause de la chaleur. Je voudrais bien qu'on aille faire un petit voyage d'une semaine par exemple, toi, Diana et moi. On laisserait le petit à Gina et à Ludi.

— Pourquoi?

— Pour changer un peu. Puis il y a des choses que j'ai envie de voir.

Diana avait l'air avertie. Jacques avait déjà dû lui en parler. On ne pouvait pas savoir si elle était d'accord. Ils se connaissaient, eux deux, depuis longtemps. Leur entente était au fond, parfaite, troublée seulement par leurs humeurs, mais pas autrement.

— Pas maintenant, dit Sara. Mais dans quelques jours je veux bien.

Jacques, tendu vers elle, changea d'expression. Il s'adossa à sa chaise, alluma une cigarette et l'on aurait pu croire que c'était là tout ce qu'il aurait voulu savoir de sa femme. L'homme alluma une cigarette lui aussi, toujours en regardant le feu.

— Je croyais que tu n'aimais pas cet endroit, dit Jacques.

— Je le déteste, dit Sara, et même, je crois que je le déteste plus qu'il ne vaut la peine de l'être, plus que toi tu peux le détester.

— Quand un sentiment est aussi excessif, c'est équivoque, toujours, dit Diana avec légèreté.

— Sans doute, dit Sara.

— Il y a des gens, continua Diana, que la désolation du soleil et des chemins déserts rend déraisonnables, voilà ce qu'il y a.

— C'est ça, dit Sara, on voudrait bien partir et en même temps il nous est difficile de partir. C'est bien ça?

— C'est ça, dit Diana.

— Que de littérature, dit Jacques.

— La littérature nous est toujours d'un grand secours, dit Diana.

Jacques sourit et se tourna vers l'homme :

— Avez-vous déjà vu pareille complaisance dans les sentiments?

— Je n'ai pas d'avis, dit l'homme sur le ton de l'excuse. Il regardait toujours vers le feu.

— Vraiment aucun avis?

— Aucun.

Jacques se tourna vers Sara. Il attendit un peu et il dit :

— Un petit voyage, dit-il. On ferait Rome d'une traite. Puis Naples. On descendrait jusqu'à Paestum. On pourrait même aller un peu plus loin.

— Il vaudrait mieux attendre, dit Diana, avec cette chaleur.

— C'est vrai, on va mourir, dit Sara.

— Qu'est-ce que ça fait? dit Jacques en riant. Il ajouta : La chaleur va passer. Demain, après-demain, dans quelques jours au plus tard, il va pleuvoir et ce sera fini.

— Dans ce pays où il n'y a pas de cognac, dit Diana, on ne sait jamais quoi prendre après le déjeuner. Je crois que je vais quand même prendre un bitter campari. Elle se tourna vers Sara. Un bitter campari?

— Non. Elle sourit à Diana.

— Peut-être même qu'il va pleuvoir aujourd'hui, dit Jacques.

— Depuis le temps qu'on attend la pluie, dit Sara, ça m'étonnerait.

— Tout arrive, dit Jacques.

— Alors attendons la pluie pour partir, dit Sara.

— Vous voulez prendre un bitter campari avec moi? demanda Diana à l'homme.

— Non, un café, pas de campari après le déjeuner.

— Comme je me sens seule avec mes camparis, dit Diana. C'est vrai qu'on doit cuire à voyager en ce moment. Ça compte, ça, dans l'agrément des voyages.

— Non, dit Jacques, ça compte quand on veut bien.

— Je ne suis pas faite pour les voyages héroïques, dit Sara.

— Je n'ai pas tellement de vacances, dit Jacques, moi je ne peux pas attendre la pluie.

— Peut-être que je prendrai quand même un bitter campari, dit Sara.

— J'ai regardé la carte cette nuit, dit Jacques. En allant à Rome on pourrait s'arrêter à Tarquinia pour voir les petits chevaux étrusques de Ludi. Depuis le temps qu'il nous rebat les oreilles avec. A partir de Naples on n'aurait pas plus chaud qu'ici.

— Dans quelques jours, dit Sara.

— Tu pourrais dire pourquoi?

— Je n'ai pas envie en ce moment.

— Moi j'ai toujours envie de voyager, dit Jacques, tout le temps.

— Moi non, dit Diana.

— Excusez-nous, dit Sara à l'homme.

— C'est moi qui m'excuse, dit l'homme. Je devrais m'en aller mais je trouve qu'il est toujours très difficile de ne pas se mêler des histoires des autres.

— C'est un beau défaut, dit Jacques, je trouve qu'il faut toujours se mêler des histoires des autres.

Un silence s'établit. Jacques réfléchit. Sara

commanda un café, Diana d'autres camparis.

— Je suis allé à Paestum l'année dernière, dit l'homme.

— Ah! oui, dit Jacques. Alors?

— C'est très beau, dit l'homme. C'est au bord de la mer.

— Surtout le Poséidon, non?

— Oui, dit l'homme lentement, surtout le Poséidon. Celui de Cérès est beaucoup moins beau.

— Ludi dit qu'il est presque aussi beau que celui d'Agrigente en Sicile.

— Je ne connais pas, dit l'homme. Celui-là est en granit rouge, il est massif. Il y fait une lumière extraordinaire.

Jacques écoutait, tout entier à Paestum.

— Et les buffles sont là tout autour, dit l'homme. L'endroit est très désert.

— Il va peut-être pleuvoir, dit Sara, il y a déjà dix minutes que le ciel est couvert, mais avec cette discussion on ne s'en est pas aperçu.

— Tu vois, dit Jacques.

— Je ne crois pas que ce soit encore la pluie, dit l'homme en souriant.

— Ne leur dites pas ça, dit Jacques en souriant aussi.

— Je n'ai vraiment pas envie de partir par cette chaleur, dit Sara. Je m'en excuse.

— C'est vrai? dit Jacques, tu ne veux vraiment pas?

— Ne sois pas en colère.

— Ne t'occupe pas de mes colères, dit Jacques. Il se leva : Je vais faire la sieste. Si tu veux on en reparlera ce soir.

Il s'en alla, revint sur ses pas, se planta devant l'homme et lui demanda :

— Qu'est-ce que vous pensez de tout ça?

L'homme ne répondit pas tout de suite. Diana se leva et cria :

— Jacques!

— Mais qu'est-ce que tu as? demanda Jacques calmement.

— Pourquoi me demander ça? demanda l'homme aussi calmement.

— Je ne sais pas très bien, dit Jacques. J'aime bien que les choses soient dites.

— Soient dites à ce point?

— Dans la mesure du possible, oui, dit Jacques.

— Je vous en supplie, ne répondez pas, dit Diana. Qu'une fois quelqu'un refuse de lui répondre.

— Je ne réponds pas. Il sourit : Excusez-moi.

— C'est comme si vous aviez donné votre avis, dit Jacques.

— Précisément, alors pourquoi me questionner?

— En ne répondant pas, je veux dire..., dit Jacques. Il se tourna vers Sara et comme si personne d'autre ne comptait désormais il lui dit : Tu ne viens pas faire la sieste?

— Je viens dans dix minutes, dit Sara.

— Je crois que ce n'est pas si grave, dit l'homme tout à coup, leur envie de ne pas aller à Paestum.

— Je crois aussi, dit Jacques.

Il s'en alla. Dès qu'il fut parti, Diana dit :

— Je commence toujours par être contre toi, puis à la fin, tout se retourne, je suis pour toi, même quand tu as tort.

Ni l'homme, ni Sara ne répondirent.

— Il croit qu'on lui doit la vérité comme au bon Dieu, dit Diana. J'ai envie de le battre quelquefois.

— Il a très envie d'aller voir Paestum, dit l'homme. Il ajouta : Je le trouve très sympathique.

Diana et Sara se regardèrent, étonnées.

— La question n'est pas là, dit Diana.

— Si, dit l'homme, pour moi qui ne le connais pas.

— De tout le monde ici, c'est lui le plus fou, dit Sara.

Diana avait bu pas mal de campari.

— Moi aussi, dit-elle, j'avais envie d'aller à Paestum.

— Moi aussi, dit Sara. Qui n'aurait pas envie d'aller à Paestum? Mais je ne veux pas qu'on m'y oblige.

— On a compris, dit Diana. Elle ajouta : Comme ça personne n'ira, à Paestum. C'est comme ça qu'on rate tout...

Sara ne broncha pas. Ils étaient maintenant seuls à la terrasse de l'hôtel. Il était beaucoup plus tard que d'habitude. Seul un garçon somnolait à l'autre bout de la tonnelle, attendant les clients.

— Le soleil s'est levé, dit l'homme, voyez ce que je disais.

— Si ça continue, on va y passer, dit Diana. Je vais dormir une heure. Alors, vers cinq heures et demie à la grande plage, comme d'habitude.

— Entendu, dit Sara. Elle hésita un peu : Ce soir j'ai l'intention d'aller au bal de l'autre côté du fleuve.

— C'est une bonne idée, dit Diana les yeux baissés. C'est vrai que ça changerait un peu...

— Oui, dit Sara, ça changerait un peu.

Diana s'en alla. L'homme et Sara restèrent seuls. A l'autre bout de la tonnelle le garçon bâillait en les regardant. L'homme regarda

Sara. Mais elle regardait seulement le feu grandissant sur la montagne noire de fumée.

— Je crois qu'ils ont renoncé à leur promenade dans votre bateau, dit Sara.

— Viens dans ma chambre.

— Les maisons sont en verre.

Elle se leva. Le garçon, pour se désennuyer, essayait d'écouter ce qu'ils disaient, toujours bâillant, à l'autre bout de la tonnelle. Tout le village était immobile, englué dans l'oubli de la sieste d'été.

— Ne pars pas tout de suite.

— Si je ne pars pas tout de suite je monterai dans ta chambre.

— Alors ne pars pas.

— Je hais les maisons de verre.

— Sara, dit-il.

Elle s'étonna mais le montra à peine.

— Tu es encore triste.

— Tout le monde est triste. Je suis moins triste que Diana.

— Je t'en supplie, viens dans ma chambre.

— Si je viens dans ta chambre ce sera à lui que je penserai.

Il fit un geste de la main, comme pour se défendre.

— Quand même, je m'en fous, dit-il.

— Moi non. Je voudrais pouvoir monter dans ta chambre et ne plus penser à lui.

— Ce soir, alors.

— Oui. Ce soir, je dirai que je vais au bal de l'autre côté du fleuve pour qu'ils puissent te voler ton bateau.

— Tu viens de le dire, personne ne s'intéresse plus à cette histoire de bateau.

— Ça m'est égal. Je ferai comme si on devait quand même te voler ton bateau ce soir.

Qui sait? Quand on entendrait le moteur du bateau sur le fleuve il faudrait se séparer et rentrer.

— Je suis venu ici dans l'innocence — il sourit — et voilà que j'ai une histoire comme tout le monde.

— Tu seras censé être surpris lorsque tu entendras le moteur. Il faudra revenir tout de suite. Il faudra que tu t'étonnes beaucoup lorsqu'ils rentreront.

— Je ne saurai peut-être pas, mais je trouverai comment faire à la dernière minute. Je ne peux rien voir pour le moment au-delà de ce bal avec toi.

— Si tu ne t'étonnes pas, ils devineront tout. Pense à ça.

— Et puis après? Ce ne serait quand même pas aussi terrible que tu le crois...

— Si, dit Sara. Ce serait terrible. Je pourrais dire par exemple que je t'ai tout dit de leurs projets au moment où on aura entendu le moteur du bateau sur le fleuve. Tu seras censé t'être déjà étonné.

— Dis ce que tu veux. Il ajouta, plus bas : Derrière le bal, j'ai vu des champs de maïs, très près de la mer.

— Il y en a, dit Sara. Et la plage est très grande de ce côté-là.

— Dans cette plaine, dit l'homme, rien ne coupe le vent, et les nuits y sont plus fraîches que de ce côté-ci.

— De ce côté-ci, rien n'est facile, dit Sara.

Le temps passait. Le garçon ne dormait toujours pas.

— Il est cher, ton bateau? demanda Sara.

— Ne t'en fais pas pour mon bateau, dit l'homme.

Elle se leva. Il essaya encore de la retenir, esquissa le geste, mais à cause de la présence du garçon, ne le termina pas. Elle s'en alla. Elle marcha vite et arriva en nage à la villa. Jacques lisait, allongé sur la véranda.

— Tu as de la chance de pouvoir lire, dit Sara.

— Je peux lire partout, dit Jacques. Et dans tous les cas.

Elle courut à la salle de bains, se déshabilla. Il vint l'y rejoindre. Elle se doucha. Debout contre la porte, il la regardait faire.

— Maintenant, moi aussi, je trouve ce type sympathique, dit-il.

— Tu vois.

— Et puis, les gens à qui tu plais me sont toujours sympathiques, dit-il en souriant.

Elle se jeta un deuxième broc d'eau sur les épaules et se rhabilla.

— Et à toi il ne t'est plus sympathique?

— Bien sûr que si, dit Sara.

Elle sortit de la salle de bains et ils allèrent de nouveau sur la véranda. Imperceptiblement, quelques feuilles commencèrent à bouger.

— Il est tard, dit Sara, il faudrait dormir maintenant.

— Je voudrais que tu me dises ce que tu comptes faire. Tu peux le dire?

— Faire ce petit voyage, mais dans quelques jours. Quand la pluie sera arrivée.

Jacques s'assit par terre sans répondre. Elle resta debout.

— On pourrait s'arrêter à Tarquinia, continua Sara, c'est une bonne idée.

— On pourrait, dit Jacques.

— Je vais dormir jusqu'à cinq heures, sans ça on sera très en retard pour le bain.

— Non, ne va pas dormir tout de suite.

Elle resta debout, prit le livre ouvert qui était sur la table.

— Quand même toi non plus tu ne lis pas beaucoup, dit-elle.

— Non, dit Jacques. Dis-moi...

Il posa sa tête sur le fauteuil.

— Dis-moi... je voulais te dire que je tenais beaucoup à faire ce petit voyage avec toi.

Son visage exprimait une grande fatigue. Il releva la tête et dit :

— Je ne peux pas supporter cette idée de ne pas partir tout de suite avec toi. Je ne peux pas. Je suis prêt à comprendre toutes tes raisons, la chaleur par exemple. Mais je suis... débordé à l'idée de rester encore ici, même un jour.

— Si c'est à ce point, dit Sara, je pourrais partir.

— Non, dit Jacques, non, tu vois, ce qu'il faudrait c'est que je le supporte, que j'y arrive. Je le voudrais de toutes mes forces. Je voudrais de toutes mes forces pouvoir par exemple partir tout seul. Sans toi.

Elle se leva et pénétra dans le couloir. Il se leva aussi.

— Je le voudrais, dit-il encore, je voudrais y arriver.

— J'y suis arrivée, lui rappela-t-elle.

— Je sais.

Il la suivit dans l'ombre fraîche du couloir.

— Excuse-moi, dit-il.

Elle vint contre lui.

— Depuis quelques années, lui dit-elle, quelquefois, la nuit, je rêve d'hommes nouveaux.

— Je sais. Moi aussi je rêve de femmes nouvelles.

— Comment faire?

— Aucun amour au monde ne peut tenir lieu de l'amour, il n'y a rien à faire.

— On ne peut rien trouver, rien faire?

— Rien, dit Jacques. Va dormir.

Elle s'en alla se coucher. Il ne la retint pas. Elle s'allongea près de l'enfant qui dormait profondément, trempé de sueur. Au lieu de penser à toutes ces choses qui venaient de se passer, elle pensa encore à l'inconvénient que présentaient cette villa mal aérée, cet endroit pour les enfants. Elle imagina d'autres vacances où il aurait joué dans une délicieuse fraîcheur. La chaleur était si grande qu'on aurait pu croire qu'il allait pleuvoir sans tarder, dans l'après-midi. Elle s'endormit dans cet espoir.

CHAPITRE IV

Mais lorsqu'elle se réveilla, le temps, encore une fois, s'était levé. La sempiternelle petite brise s'était remise à souffler, comme chaque jour, depuis qu'ils étaient arrivés.

Elle se leva, titubante et elle alla dans le jardin. Et la brise était là qui comme toujours à cette heure-là, courbait les rives vertes et douces du fleuve. En passant dans le vestibule, elle vit, par la porte de la chambre, que Jacques n'était plus là. Elle avança dans le jardin jusqu'à la porte face au fleuve. La brise était molle et régulière, elle sentait le feu. Jacques n'avait pas dû faire la sieste. Il devait être allé voir ou Ludi, ou Diana, ou même l'homme s'il s'était trouvé là, sous la tonnelle de l'hôtel. Pour parler du voyage à Paestum. Du temple de Poséidon, entre les colonnes duquel paissaient des buffles. Ludi en parlait souvent. Six rangées de quatorze colonnes de granit rouge, entre lesquelles des buffles rêvaient. Le temple fut là, dans le jardin morne, au bord d'une mer sauvage, allongé dans la fauve lumière d'un couchant. Dans la maison silencieuse, il se fit un petit bruit de souris. L'enfant se réveillait. Il vint s'asseoir près d'elle, en silence, complètement nu. Ses cheveux étaient mouillés de sueur. Elle remplit un broc d'eau fraîche et le doucha près des zinnias. L'enfant s'anima aussitôt et se mit à reparler de bateau et de son désir de pêcher tous les poissons de l'océan. Puis il oublia et le bateau, et les poissons, et il se mit à jouer. A son tour, pendant qu'il jouait à courir dans la brise tiède et molle, Sara se doucha, s'habilla, se coiffa. Puis elle revint s'asseoir sur la véranda et attendit la bonne. Le bal aurait lieu comme chaque soir de l'autre côté du fleuve. Il fallait que ce soir la bonne garde l'enfant. La bonne arriva.

— Je crois que c'est ce soir qu'ils démarrent, dit la bonne.

— Je ne sais pas, dit Sara. Ce soir, il faut que vous restiez pour garder le petit, je rentrerai tard, après la fin des bals.

La bonne parut d'abord surprise puis ennuyée.

— Ça tombe mal, dit-elle, justement je lui avais donné rendez-vous.

— Vous y allez cinq fois par semaine. Pour une fois...

La bonne s'affala sur le fauteuil près de Sara. La perspective de la soirée sans bal l'accablait.

— Je sais bien, dit-elle, mais dans ce sale pays, quand on ne va pas au bal, qu'est-ce qu'on peut faire d'autre, je me le demande.

— C'est vrai. A part les nuits, quand on dort, la mer et, enfin, l'amour, je ne vois pas ce qu'on peut faire.

Elles se sourirent. La bonne était sans malice aucune.

— Pour être vrai, c'est vrai, dit-elle. Elle ajouta : Vous ne pouvez pas y aller jusqu'à neuf heures par exemple, et moi après?

— Je ne peux pas, sinon je le ferais, vous le savez bien. Je vous prêterai un livre.

— Et lui? demanda la bonne en montrant le petit.

— Je le garde jusqu'au dîner, vous viendrez le chercher à l'hôtel. Jusqu'au dîner, faites ce que vous voulez.

La bonne s'en alla prévenir son douanier qu'elle n'irait pas au rendez-vous de la soirée. Sara resta là où elle était, sur la véranda. Il ne devait pas être loin de cinq heures. Le petit faisait le train dans l'allée de ciment qui conduisait de la maison au chemin. Il était de nouveau en nage mais elle se savait impuissante à l'empêcher de courir et n'essaya même pas. Sur le fleuve, les mêmes pêcheurs que la veille jetaient leurs filets de patience et d'ennui. La campagne était déserte. A part le car, rien ne passait sur le chemin, sauf, tous les quarts d'heure, un marchand de glaces; la sonnette de son triporteur remplissait l'air de son grelot.

Du temps passa. Le pêcheur sortit ses nasses. Il lui demanda de ses nouvelles et lui dit que la chaleur ne pouvait pas continuer, que les légumes crevaient, que c'était une malédiction. Puis du temps passa encore, court, mais très dense. Et Jacques ne rentra pas. Sans doute n'était-il plus à l'hôtel déjà. Avec qui y eût-il été? Il devait déjà être à la grande plage, avec les autres, les vingt-cinq autres qui, chaque soir, passaient le fleuve après la sieste. Ou avec l'homme. Si elle avait été dans la villa de Ludi elle l'aurait su. On savait, de là, tout ce qui se passait alentour. Mais de la leur, de villa, on ne savait rien, on ne savait pas comment le monde tournait. C'était une chose qui leur avait manqué depuis leur arrivée. Qui lui manqua encore cet après-midi-là. Elle attendit encore. Et elle fut une nouvelle fois à ce bal qui brillait, loin, dans les champs de maïs. Et dans l'ombre allongée des colonnes rouges de Paestum, au soleil couchant, à s'effrayer des buffles endormis. Il n'existait rien qui pût compenser à la fois la nouveauté du désir et du monde. Elle crut le savoir mieux que les autres femmes. On croit toujours savoir ces choses-là mieux que les autres femmes. Elle le croyait, elle aussi.

Lorsqu'elle se décida enfin à partir avec l'enfant il était tard. Ils marchèrent lentement sur la rive du fleuve tout en regardant les pêcheurs. Sara expliqua à l'enfant la pêche en haute mer. Peu avant d'arriver à l'hôtel elle entendit le moteur du hors-bord de l'homme qui allait vers la plage. Il devait être cinq heures et demie. Il n'y avait plus personne à l'hôtel. On lui dit que tout le monde venait de partir soit en hors-bord, soit avec le passeur, Jacques aussi. Elle but un bitter campari en attendant le retour du passeur, puis elle alla sur le petit appontement. Il y avait là l'épicier. Assis sur la balustrade, il surveillait les allées et venues des clients de l'hôtel. Lui aussi lui dit qu'il les avait vus partir, les uns avec le bateau de l'homme, les autres avec le passeur. Pour la première fois, il la tutoya. Il avait une commission à lui faire.

— Ce Monsieur Jean te fait dire de l'attendre, dit-il, il va revenir te chercher ici avec ton petit pour t'éviter le trajet à pied entre le fleuve et la plage. C'est un peu pour ça que je suis là, j'ai attendu pour te le dire. Maintenant, je vais monter dans la montagne.

— C'est le dernier soir?

— Eh oui. Je suis contre cette déclaration mais tout en sachant bien qu'il leur faudra la signer un jour ou l'autre.

— Ils ne doivent plus avoir tellement de travail à la maison. Pourquoi partiraient-ils tout de suite?

— C'est idiot ce que tu dis là, dit l'épicier. Le repos, c'est comme le reste, c'est une habitude qu'il faut prendre jeune. Elle ne l'a jamais eue. Quand elle dort, ça la fatigue.

— C'est vrai, dit Sara, et puis du moment que ça ne peut pas durer toujours on ne peut pas s'empêcher de désirer que ça finisse vite.

— Pour toi peut-être, parce que tu es jeune, mais pour moi non.

— Sans doute, dit Sara.

Elle parlait distraitement. Il le vit.

— Tu es triste, dit-il.

— Ça doit être mon air, je ne suis pas triste.

— On est souvent triste lorsque le soleil se couche, c'est peut-être ça aussi.

— Mais non, dit Sara. Puis le soleil n'est pas près de se coucher.

— Ils ont parlé ensemble longtemps, ton mari et ce Monsieur Jean. Je ne sais pas de quoi.

Elle détourna les yeux vers le fleuve.

— Je ne sais pas de quoi, répéta l'épicier.

— De moi, dit Sara.

Ces choses ne surprenaient plus l'épicier.

— Je me doutais que c'était de toi. Il ajouta : Ils sont partis ensemble.

— C'est difficile d'être la femme d'un homme, dit Sara.

— Mais il y en a tant déjà de ces femmes-là, dit l'épicier.

Ils regardèrent le fleuve. Le passeur revenait à travers les calmes lancées de filet des pêcheurs solitaires. Sur la mer au loin, le crépitement du hors-bord se fit entendre. Il se passa dix minutes puis il apparut. Il fit un large tournant dans le fleuve et il le remonta à vive allure.

— Ils sont ensemble, dit l'épicier.

Il y avait deux silhouettes d'hommes à l'avant du bateau. Elle prit le petit dans ses bras et le lui montra.

— On va aller sur la mer dans ce bateau, dit-elle. Le petit se mit à rire, s'échappa de ses bras et sautilla de joie. L'épicier ne fut plus attentif qu'à la marche du bateau sur le fleuve, comme chaque fois.

— On va aller dans ce bateau, répéta-t-elle, puis on se baignera, puis peut-être on fera une partie de ballon avec Ludi.

— Ce qu'il y a de bien dans ces bateaux à moteur, dit l'épicier, c'est que tu te fatigues pas à ramer.

— Ça va vite, dit l'enfant.

— Oui, ça va vite en plus. Mais où aller sur la mer? L'ennui, c'est qu'on n'en sort pas.

— Des petits voyages, on peut quand même les faire, dit Sara.

Elle reprit l'enfant, mais il s'échappa encore, tout au bateau.

— Des fois, dit l'épicier, j'attends encore des choses de la vie. Ainsi, des fois, il me semble qu'un bateau comme ça, en été... ou bien encore une petite automobile...

— Pourquoi pas? dit Sara.

— Et si ton moteur il explose en pleine mer?

Sara n'écoutait pas. L'enfant, si.

— Moi, je sais nager, dit l'enfant.
— Moi non, dit l'épicier.
Il regardait le bateau comme l'enfant.
— Tu vas voir qu'un jour, dit-il, à aller vite comme ça dans ce fleuve, avec tous les bancs de sable qu'il y a...
— Quoi? demanda l'enfant.
— Rien. Il ajouta plus bas : c'est sûr que pour lui dire des trucs pareils il faut être devenu méchant.
L'enfant se désintéressa de l'épicier.
— Ça te fait vraiment si peur que ça d'être devenu méchant? demanda Sara.
— Qu'est-ce qu'il y a de pire? dit l'épicier.
— Les loups, c'est méchant, dit l'enfant.
— Tu comprends, c'est que c'est trop long, la vieillesse, dit l'épicier à l'enfant.
Il dit que c'était l'heure pour lui de remonter là-haut. Il s'en alla sans dire au revoir à Sara. Le bateau arriva presque aussitôt son départ. Jacques et l'homme se tenaient toujours debout à l'avant. Ils avaient tous les deux le même sourire exténué. L'homme se retourna pour amarrer son bateau. Jacques resta comme il était, à la regarder avec un visage figé dans le sourire de la fatigue même
— C'est gentil, dit Sara.
Ils avaient dû beaucoup parler, depuis le déjeuner, sous la tonnelle de l'hôtel, et à cette heure de la sieste faite pour le sommeil et l'oubli. Et ils n'avaient pas dû arriver à s'entendre malgré leur bonne volonté. Jacques aida l'homme à faire la manœuvre de départ. Quelque chose les liait désormais, qui était peut-être la vanité même de ces insolubles conflits.
Elle s'installa à l'arrière avec l'enfant. Le bateau repartit immédiatement. Il coupa le

fleuve obliquement et jusqu'à la mer il longea l'autre rive, le long des grues et des amoncellements de pierres qui attendaient, paraissait-il, depuis des années, d'être utilisées. On avait toujours parlé, d'après Ludi, de faire un jour un pont à cette hauteur-là du fleuve.

— Ça va? lui demanda Jacques dans le vent.

— Ça va.

Elle ne réussit qu'à le regarder très furtivement et par à-coups. Lui la détaillait, comme il faisait d'habitude des femmes, dans les cafés, dans la rue. Il regarda celle qui, dans la vie, lui revenait. Puis il se détourna et parut s'intéresser à la manœuvre de l'homme. Alors elle les vit de dos tous les deux. L'un, elle le connaissait pour toujours. L'autre, non, elle ne le connaîtrait jamais davantage. L'autre était un homme qu'elle ne connaîtrait jamais davantage. L'autre devenait un homme qu'elle ne connaîtrait jamais. On ne peut pas faire toutes les vies ensemble, dit Ludi. Ces connaissances n'étaient pas compatibles. L'enfant, à côté d'elle, criait de plaisir. Seuls, le sillage d'un bateau et les premières vagues des embouchures intéressent les enfants. L'homme vira autour de la digue, très largement, puis subitement, à toute vitesse, il s'en alla vers la haute mer. Jacques, debout, n'eut pas l'air de s'étonner. La plage s'éloigna et avec elle, la masse verdoyante des champs de maïs au bord de la mer. Les choses en étaient restées au même point, en somme, avec cette différence que leur silence était maintenant violé.

— On va vite, vite, cria l'enfant.

L'homme se tourna vers lui, les cheveux rabattus par le vent et il lui sourit. Il fit de la main un geste curieux qui signifiait sans doute qu'il ne pouvait faire autrement. Puis il se retourna vers l'avant. Jacques ne bougea pas, toujours debout derrière l'homme.

— Encore plus vite, cria l'enfant.

L'homme se retourna encore et cria à son tour qu'on ne pouvait pas aller plus vite. De ses bras, Sara protégea l'enfant du vent. Il ferma les yeux. Et elle aussi elle ferma les yeux pour ne plus souffrir de tant de vent. Alors, une nouvelle fois, le puissant quadrille des colonnes de Paestum au bord de la mer s'éleva des hurlements de ce vent.

L'homme enfin ralentit son allure. D'un seul coup, il vira vers la grande plage.

On les y attendait.

Sara confia l'enfant à Diana et s'en alla dans la mer aussitôt. L'homme hissa son bateau sur la plage, aidé de Jacques, puis à son tour, lui aussi il alla dans la mer, mais en sens inverse de celui de Sara. Il s'éloigna rapidement, en nageant de toutes ses forces. Elle vit s'effacer sous l'eau la trace fluide et fragile de son corps. L'enfant avait rejoint les autres enfants, ils jouaient à courir plus vite que les vagues. Diana, Ludi et Gina bavardaient. Tout paraissait habituel de ce côté-là. Sauf que Gina voulait tout ignorer de ce qui se passait. Ludi aussi. Et que Diana — on le voyait tout de suite — comprenait tout à fait ce qui se passait, comme elle comprenait toujours tout, et qu'elle souffrait comme elle souffrait toujours, pour chacun, de son impuissance à régir les problèmes de la souffrance et de l'amour. Jacques vint rejoindre Sara dans la mer.

— Essaye la nage sur le dos, dit-il.

— J'ai essayé cent fois, c'est inutile, il y a des choses comme ça.

— Essaye quand même, je veux que tu apprennes.

— Il y a des choses comme ça qu'on n'apprend jamais, c'est inutile.

Il abandonna la partie, mais cette fois, sans se mettre en colère. Il resta debout dans la mer à côté d'elle. Elle fit quelques brasses, il la suivit, elle s'arrêta et il s'arrêta.

— Je suis allé à l'hôtel, dit-il. Il était encore là. Nous avons parlé ensemble.

Elle ne répondit pas. Elle fit encore quelques brasses. Puis, de nouveau, elle fut obligée de s'arrêter.

— Jamais je ne saurai nager.

— Essaye de me comprendre.

— Je ne sais pas de quoi tu parles.

— Je ne voulais pas lui parler. Je suis allé à l'hôtel pour sortir de la maison, ne plus t'emmerder avec cette histoire. Il était encore là, tout seul, sous la tonnelle. J'ai résisté dix minutes, puis ça m'a été impossible de ne pas aller lui parler.

Elle replongea dans la mer. Elle ne pouvait pas nager plus de dix brasses sans se relever. Il vint vers elle.

— Nous avons parlé de tout, de rien, dit-il. Il m'a parlé un peu de lui.

Elle nagea encore, s'arrêta encore. Il la suivait comme un automate.

— Nous n'avons pas prononcé ton nom, dit-il.

Elle ne pouvait pas du tout le regarder. Lui était rivé à elle.

— Lorsqu'il m'a parlé de lui, j'avais oublié qui... qui il était, dit-il encore.

Encore une fois elle s'éloigna, essaya de nager. Mais cela l'épuisait toujours autant.

— Je m'étais juré de ne pas lui parler. Je n'ai pas pu.

L'homme au loin revenait, le regard sur eux. Jacques ne le voyait pas.

— Quand je l'ai vu là, tout seul, je n'ai pas pu m'en empêcher, j'avais envie de le connaître un peu, de connaître un peu l'homme avec lequel...

— Oh! que je voudrais savoir nager, dit-elle.

— Avec lequel je vais te laisser chaque nuit pendant mon voyage à Paestum.

— Ce n'était pas la peine, dit-elle, je pars moi aussi à Paestum.

Tout à coup, il s'aperçut que l'homme revenait vers eux.

— Non, dit-il, je ne veux pas que tu ailles à Paestum.

Il regardait l'homme.

— Je ne veux plus de toi à Paestum. Je veux qu'une fois, les choses servent à quelque chose.

Il hésita un peu et il dit, le regard toujours sur l'homme :

— Tu me comprends. Qu'une fois, les choses payent.

— Je comprends, dit Sara.

Il la regarda, un peu égaré.

— Sans ça on s'en sortira jamais, dit-il.

— Oui.

— Oui?

— Comme tu veux, dit-elle.

Il se décida à s'en aller, tête baissée dans la mer, la figure contractée par le dégoût. Il nageait comme l'homme, de toutes ses forces, vers la haute mer. Gina, Ludi et Diana qui s'étaient de nouveau baignés revenaient vers la plage. Le petit jouait toujours sagement avec les petites vagues du soir. Sara essaya encore une fois de nager sur le dos. Les autres étaient bien à sa droite, vers l'endroit où se tenaient les enfants. Jacques était déjà loin. Il nageait toujours comme on se bat. L'homme, tout en nageant aussi, en sens inverse de Jacques, revenait droit vers elle, comme il n'avait jamais fait encore, sans hésitation ni prudence aucunes. Le soleil était maintenant au ras de la montagne et la mer était noire sous le ciel rougissant. L'homme arriva près d'elle et se dressa hors de l'eau. Il regarda aussi du côté de Jacques. Il avait la même figure que lui, contractée par le dégoût et la fatigue. Il regarda longuement Jacques et il se tourna vers elle.

— Nous avons parlé longtemps ensemble, dit-il.

Elle était couchée dans la mer, face à lui et elle le voyait bien, tout seul, détaché sur le ciel.

— Reste comme tu es là, dit-il. Il ne regarda plus Jacques, mais elle.

— Ce soir, dit-il.

Elle se leva à son tour. Il s'approcha. Elle recula un peu.

— Je te désire beaucoup, dit-il.

Il avait retrouvé son ton habituel, avec en plus, une lassitude légère qui surnageait dans sa voix. Elle se tourna vers la plaine qui était maintenant dans l'ombre, recouverte des vapeurs qui s'élevaient des jardins arrosés.

— Nous, on n'a pas eu le temps de parler beaucoup, dit-elle.

Il se tourna lui aussi vers la plaine, puis aussitôt, revint vers elle.

— Il a une façon d'écouter, dit-il, on lui parlerait deux heures...

— Je sais. Elle le regarda à son tour, qui nageait toujours aussi furieusement au loin et elle sourit à son souvenir.

— Il est formidablement curieux, dit-elle, quand tu lui parlais il avait oublié qui tu étais. Elle ajouta : Vous avez aussi parlé de Paestum?

L'ombre d'une hésitation voilait sa voix.

— Aussi. Il m'a beaucoup questionné sur Paestum et les environs.

— Il part demain pour Paestum.

— Il ne me l'a pas dit.

Ils se regardèrent.

— Moi aussi... j'ai un peu envie d'y aller, dit-elle, à cause de ce que tu as dit, de la mer qui est tout près, des buffles qui se baladent...

Il la scruta tout entière, d'un trait.

— Tu sais bien ce que c'est..., ajouta-t-elle.

Ses mains se levèrent, puis elles retombèrent aussitôt, impuissantes, le long de son corps.

— C'est difficile à supporter, cette idée, dit-il.

Il la regardait, les mains ouvertes, comme un étrangleur.

— L'idée de ne pas coucher avec toi encore une fois, dit-il, une... seule fois.

Il n'attendit pas sa réponse, resta là, à la regarder, les mains toujours ouvertes, et il déclara :

— Il suffit que tu le veuilles. Tu peux venir ce soir.

Jacques revenait très lentement, sur leur droite, vers le groupe des autres qui se reposaient sur la plage.

— Rentrons, dit-elle.

— Tu crois vraiment que tu ne viendras pas ce soir?

— Il faudrait que je le veuille comme... comme je ne sais plus rien vouloir.

— Avec lui tu irais?

— Avec lui, une fois, je l'ai voulu.

— Avec lui, tu as fait des choses pareilles?

— Oui. Rentrons.

Ils remontèrent vers la plage, l'un à un mètre de l'autre, directement, sans obliquer vers le groupe, pour gagner sans doute un peu de temps.

— J'ai une femme, dit-il. J'ai déjà fait moi aussi des choses pareilles. Et je crois qu'on peut les recommencer.

— Alors, peut-être que tu n'as pas de femme.

— Peut-être. Comme tu es raisonnable.

— Je ne crois pas qu'on soit raisonnables, Jacques et moi, dit Sara, c'est tout le contraire.

Devant eux, les champs de maïs bruissaient dans la brise du soir. Sur cette rive-là, à cette heure-là, la chaleur devenait un souvenir. Surtout que l'air embaumait les jardins arrosés. Il fixa la cime des montagnes qui se dessinaient sur le ciel sans nuages, encore ensoleillé.

— Il est six heures et demie, dit-il, dans trois heures et demie, tu aurais pu être là, de ce côté-ci de la plaine.

Elle regardait Jacques. Il allait vers Ludi, sans leur jeter un regard, sans paraître s'occuper du tout d'eux.

— Ça me fait mal d'y penser, dit l'homme.

— C'est bien de le savoir encore, dit-elle.

— Quoi?

— Que tu l'aurais voulu. Tu sais, on peut toujours le croire jusqu'à ce soir.

L'odeur des jardins arrosés était si forte qu'elle couvrait celle de la mer. C'était l'odeur admirable de la pluie, de la soif apaisée.

— Mais qu'est-ce qui s'est passé? demanda-t-il.

— Le premier jour, le jour où tu es arrivé, j'ai rêvé de toi.

Il serra lentement ses poings. Ils parlaient bas, à un mètre l'un de l'autre tout en regardant le groupe qui bavardait au loin.

— Mais en ce moment même, dit-elle, en ce moment même où je te le dis, avec eux qui sont là... je le pourrais encore...

De l'autre côté du fleuve la cime encore ensoleillée de la montagne chancela dans la mer. Puis cela passa.

Il hésita, puis tout à coup, il dit, très bas :

— Écoute... je ne te demande rien. Je te dis simplement que je t'attendrai au café du bal le temps que tu veux.

— Ça n'existe pas les nuits de noces de l'adultère.

— Je ne veux pas le savoir. Je ne te demande rien. Je t'attendrai une dernière fois au café du bal.

Il crut qu'elle allait répondre :

— Ne réponds pas, dit-il.

Ils ne se dirent plus rien. Ils atteignirent très vite le groupe des autres. Jacques avait l'air calme, presque tranquille. Allongé près de Ludi, il fumait. La lumière baissait dans la plaine. Il faisait doux. C'était le seul moment de la journée où on se sentait revivre, après ce bain-là, dans l'ombre naissante. Sara s'allongea entre Ludi et Diana qui elle aussi était étendue et qui fumait. L'homme s'assit un peu à l'écart, du côté de Ludi. Ludi et Gina parlaient encore du voyage en Amérique lorsqu'ils arrivèrent. Gina ne voulait toujours pas voyager. Elle ne voulait toujours plus rien que rester chez elle tranquille, tranquille. Ludi était en colère. Jacques paraissait ne pas avoir d'avis. Mais Diana, si.

— Je continue à croire que c'est possible de laisser les gens faire ce qu'ils veulent, dit-elle.

Personne ne releva, même pas Gina. Il y eut un silence, puis Diana reprit, sur le ton de quelqu'un qui se souvient.

— Qu'est-ce que tu disais hier, au fait? que le nègre a du blanc une intelligence plus grande que celle que le blanc peut avoir de lui?

— Oui, dit Ludi, enfin, si on veut... qu'est-ce qui te prend?

Diana était en colère, mais elle le cachait parfaitement bien.

— Rien, dit-elle, j'y repense, c'est tout.

— Ce n'était pas une conversation, dit Jacques en souriant gentiment à Diana, tu le sais bien, Ludi a dit n'importe quoi, ce n'était pas du tout ce qu'il voulait dire.

— Qui sait? dit Gina. Qui sait s'il n'a pas voulu le dire?

Ludi se mit à rire et à crier à la fois.

— Quand je dis quelque chose qui te plaît pas, dit-il à Jacques, alors tu dis que je l'ai dite comme ça par distraction et que je n'y crois pas.

— C'est tellement bête, dit Jacques, que tu ne peux pas avoir voulu dire une chose pareille.

— Et si ça me plaît d'être bête jusqu'au bout, cria Ludi toujours en riant, si c'est ma dialectique du maître et de l'esclave à moi?

— Alors, laissons le monde aller son cours, dit Jacques lentement — il était triste tout à coup — et ne nous en faisons pas. Puisque l'essentiel est là, que le nègre ait du blanc une intelligence plus grande que celle que le blanc a de lui, laissons courir les choses et se perpétrer toutes les violences.

Sara s'allongea devant Ludi. L'homme qui était allé relever l'ancre de son bateau revint près de Gina.

— Mais, dit Diana, il y a dans toute libération une oppression qu'il ne faut pas oublier, jamais, sous aucun prétexte.

Jacques ne releva pas. Il voulait manifestement éviter de parler à Diana. Il ne pensait plus qu'à Ludi qui avait dit une telle chose et plus du tout à son propre sort durant ces journées-là. Jacques était ainsi.

— Ah! elle est belle, la dialectique de Monsieur, dit-il. Il rit de voir Ludi se gratter la tête d'embarras.

— Ce que je voulais dire, expliqua Ludi, c'est que notre temps, si terrible, recèle d'irremplaçables valeurs, c'est tout. Mais bien sûr qu'il faut changer le monde. Mais voilà, ça me plaira toujours de dire quelquefois qu'il ne faut pas le changer. Je suis comme ça.

— Alors on est d'accord, dit Jacques.

— Même si vous ne l'étiez pas, dit Diana, vous le seriez quand même puisque tu sais ce que pense Ludi mieux que Ludi lui-même.

— Je savais, dit Jacques — il martelait ses mots — que Ludi ne pouvait pas penser des choses pareilles.

— Ta perspicacité me donne le vertige, dit Diana. Quelle profondeur...

— Non, dit Jacques. Je fais ce que je peux pour comprendre les gens.

— Maintenant ils sont d'accord et tout est

clair, dit Sara, ce n'est peut-être plus la peine de parler de ça.

— Mais qu'est-ce que vous avez tous ce soir? demanda Ludi.

— Mais rien, dit Sara.

— Moi je rentre, dit Gina. Ce genre de conversation ça m'ennuie beaucoup, puis je dois aller voir les vieux avant la nuit.

— Tu me diras quand on pourra parler de ce voyage, dit Ludi, l'heure et le jour.

— Dans l'autre monde, dit Gina, je veux bien, pas avant. Ce que tu aimes, c'est te mettre en colère, discuter, discuter. Quand quelqu'un ne veut pas clairement quelque chose, qu'est-ce que tu lui veux de plus?

Ludi leva les bras en l'air, se leva, puis laissa retomber ses bras et se rassit en gémissant. Gina se leva, s'en alla, et revint sur ses pas, comme sous le coup d'une trouvaille décisive. Elle alla vers l'homme et c'est à lui qu'elle s'adressa, sur le ton de la colère.

— Enfin, vous, vous la connaissez l'Amérique, non?

— Je la connais, dit l'homme.

— Alors, qu'est-ce que vous attendez pour lui dire qu'il trouvera là-bas toutes les femmes qu'il veut et même celles qu'il ne veut pas? Dites-lui, à la fin.

— Ce n'est pas là la question, dit l'homme, mais si vous tenez à ce que je lui dise, je peux le faire.

Gina hésita, puis se reprit, très vite. Personne ne riait plus.

— Alors je le dis, dit l'homme. Il trouvera en Amérique, comme partout ailleurs dans le monde, toutes les femmes qu'il veut. Il ajouta : Il suffit qu'il le veuille.

— Voilà, dit Gina à Ludi. Elle était un tout petit peu ébranlée.

Ludi se releva encore en poussant des cris. Il se dressa face à Gina.

— Et si c'est toi que je veux, espèce de connasse, cria Ludi, et si c'est de la salope que tu es que je veux!

Gina éclata d'un rire heureux.

— Et si moi j'en ai marre, cria-t-elle, de vivre avec un homme qui rajeunit chaque jour? Et à qui chaque jour il pousse dans la tête une nouvelle folie?

Ludi se rassit et déclara calmement à la cantonade :

— Vous voyez, pour cette femme-là, voyager, c'est être fou.

— Merde, dit Gina, je rentre.

Elle s'en alla. Diana chantonna. Jacques paraissait très fatigué.

— Je m'excuse, dit Ludi.

— Ce n'est rien, dit doucement Jacques. Les couples sont fatigants à vivre. Tous.

— Je voudrais rentrer avec toi, dit Ludi. Il était triste. Il prit le bras de Jacques.

— Moi je rentre en bateau, dit l'enfant.

— Moi, je ne sais pas, dit Diana en regardant Sara.

Sara insista pour revenir avec le passeur. Ludi et Jacques et finalement Diana rentrèrent en bateau avec l'homme. Sara leur laissa l'enfant. En s'éloignant, elle entendit Ludi qui disait :

— La voilà elle aussi dans un mauvais jour.

Jacques ne releva pas.

Elle arriva bien après eux à l'hôtel. L'homme était déjà monté dans sa chambre. Son bateau était amarré au petit ponton.

— On peut partir sans lui, dit Diana, il a dit qu'il ne voulait pas y aller, qu'il en avait un peu assez de cette histoire. Je le comprends.

Personne ne répondit. Sara confia l'enfant à la bonne qui les attendait sous la tonnelle. Ils partirent presque aussitôt après son arrivée, sans même prendre le temps de boire un campari. Un peu comme sous le coup d'une obligation à laquelle ils ne pouvaient se soustraire.

Ludi et Gina étaient encore en colère l'un contre l'autre, toujours à cause de ce voyage en Amérique qu'ils avaient dû remettre une fois de plus en question pendant le retour. Gina marchait seule comme d'habitude, devançant les autres. Jacques la suivait. Diana marchait derrière Sara. Elle était toujours aussi préoccupée et triste que sur la plage. Il faisait presque nuit dans la montagne. Une clarté venait encore de l'ouest, bleutée. Là le vent n'arrivait pas à dissiper la chaleur. Elle sortait par vannes de la terre brûlée et des plantes. Elle avait toujours l'odeur du feu et de l'encens des cinéraires, mais elle ne brûlait plus les yeux. Au loin, l'incendie crépitait toujours. De temps à autre des pins tombaient dedans, éclataient comme des balles.

— Je ne sais pas pourquoi, dit tout à coup Ludi, ce soir, je voudrais bien donner toute cette montagne au feu.

L'épicier avait apporté une lampe tempête et deux couvertures. Il craignait la pluie pour la nuit. Il parlait à un jeune curé assis entre la vieille et la caisse à savon. Le curé parlait à la vieille sur un ton monotone. Il n'écoutait pas ce que lui disait l'épicier. La vieille écoutait le curé avec un certain intérêt. L'épicier n'avait pas encore allumé la lampe tempête et ils se parlaient dans l'ombre blanche du pan de mur. Gina et Ludi saluèrent brièvement le curé. Ils le connaissaient. C'était le curé d'un village de la plaine.

— Salut, Alphonse, dit Gina.

— Salut, madame, dit le curé. Il avait l'air ennuyé de l'arrivée de tous ces gens. Pourtant il reprit courageusement son discours.

— Ce n'est pas une déclaration devant l'Éternel qu'on vous demande de faire. Ce n'est rien. Une petite obligation que le bon Dieu approuve. Il faut la faire. Marie, mère de Dieu, l'aurait signée à votre place.

La vieille l'écoutait. Le vieux la regardait.

— Mais elle va la signer, dit-il doucement.

— C'est le douanier chef qui l'a envoyé, expliqua l'épicier aux autres.

— Je me dois à tous les gens qui sont en difficulté, dit le curé. A toutes mes brebis également. Je ne suis envoyé par personne. Je viens parce que c'est mon devoir de venir.

— Il a béni la caisse, expliqua l'épicier— il se tourna vers le curé — il y a vingt ans que je te connais, dit-il, alors tu vas me dire si c'est le douanier chef qui t'a envoyé.

Les deux douaniers écoutaient, complètement débraillés, abrutis par la chaleur qu'ils supportaient en uniforme, depuis midi.

— A quoi ça vous avancerait de le savoir? dit l'un d'eux.

— Vous voyez, dit l'épicier, c'est le douanier chef, j'en étais sûr. Écoute, Alphonse, reprit-il, tu parles de brebis, bon, je veux bien, mais celle-ci, elle n'est pas d'ici, alors.

Le curé fit mine de ne pas entendre. Il ne regardait que la vieille et continua à lui parler.

— Pensez à Elle, dit-il, à la Sainte Vierge,

trois jours et trois nuits sur le Golgotha...

— C'est bien du pareil au même, dit le vieux.

— Mais quel con quand même, murmura l'épicier, mais alors, quel con...

La vieille continuait aussi à les écouter d'un air absent. Le vieux la lorgnait, craignant vaguement qu'on lui dise des choses douloureuses.

— On va la signer, répéta-t-il, maintenant elle veut bien.

La vieille acquiesça d'un léger signe de tête.

— Et puis même, dit l'épicier, tu es curé et ce genre de déclaration ne te regarde en rien.

— Qu'est-ce qu'elle devient, ta mère? demanda Gina — elle expliqua — moi aussi je l'ai connu quand il était un enfant.

— Eh oui, dit l'épicier, sa mère l'envoyait voler des tomates dans les jardins. Sa mère, c'était une des personnes les plus sympathiques du village. Maintenant il lui fait tirer les cloches de son église.

— Comment va-t-elle? répéta Gina.

— Elle vieillit, dit le curé avec timidité. Dites-lui qu'il faut qu'elle la signe sa déclaration, madame Ludi.

— Dis-lui toi-même, dit Gina — elle réfléchit. Un jour j'irai voir ta mère, voir comment tu la traites, si tu ne lui fais pas trop payer de t'avoir élevé avec des tomates volées. Je ne jurerais pas qu'elle est heureuse avec toi, Alphonse.

Alphonse essaya de rigoler. Les autres riaient un peu. La vieille souriait comme toujours lorsque Gina parlait.

— La voilà encore avec ses vieillards, dit Ludi tout bas, faut qu'elle les inspecte, c'est une maladie.

Les douaniers étaient au fond très contents de ces visites. Ils s'ennuyaient à monter la garde et s'emparaient avidement de chaque occasion de distraction.

— Pour moi, dit le plus jeune à Diana, elle ne sait même pas pourquoi elle ne veut pas la signer la déclaration. Elle comprend pas plus que nous pourquoi elle ne la signe pas.

— Nous on comprend, dit Diana.

Le douanier se moqua gentiment.

— Il n'y a rien à comprendre, alors qu'est-ce que vous pourriez comprendre?

— Tout ce qui est fait contre les douaniers, on le comprend, voilà.

— C'est pour m'emmerder, dit Ludi tout bas, qu'elle prend intérêt comme ça pour les vieillards, pour m'emmerder et rien de plus. Elle les déteste, j'en suis sûr, les vieillards.

— Qui ne cherche pas à emmerder qui? dit Jacques, avec les vieillards ou autre chose? Il se tourna vers Sara et essaya de lui sourire.

— Laisse-les, dit l'épicier à Alphonse. Va confesser les autres. Ceux-ci ne te regardent pas. Et puisqu'ils te disent qu'ils vont la signer, ne te surcharge pas de travail.

— Avec vos gentillesses, madame Ludi, dit Alphonse, vous les encouragez dans leur erreur.

— Tais-toi, Alphonse, dit l'épicier.

— Oui, ce serait mieux que tu te taises, parce que je vais te foutre mon pied au cul, Alphonse, dit Gina.

— Tu vois comment elle est, dit Ludi à voix basse, elle cherche cet Alphonse que c'est un con connu dans tout le pays. Il faut qu'elle s'engueule avec quelqu'un.

— Quand même, dit Alphonse, si elle les a ramassés ces morceaux, c'est pour qu'il ait une sépulture, oui ou non, madame Ludi?

— C'est l'habitude de ramasser ce qui est cassé, dit l'épicier, c'est surtout ça. Si tu avais la moindre expérience de l'existence, tu le saurais. Quand quelque chose d'entier se casse, on en ramasse les morceaux et on les met ensemble. La sépulture, c'est après qu'on y pense, quand on y pense.

— Il ne s'agit pas de morceaux de n'importe quoi, dit Alphonse, mais de ceux de son fils bien-aimé. Alors, en ne signant pas, dit-il machinalement à la vieille, vous retardez la sépulture de votre fils d'autant.

— S'il continue, dit Jacques, je lui casse la gueule. Foutez-lui la paix.

La vieille leva la main, effarée. Une peur séculaire de la colère remonta dans ses yeux. Elle regarda Jacques, suppliante.

— Excusez-moi, dit Jacques.

Il s'adressa au vieux qui le regarda d'un bon regard, mais qui ne lui dit rien, partagé visiblement entre l'envie de lui témoigner sa sympathie et la crainte d'offenser le curé.

— On va allumer les lampes, dit l'épicier. Il se leva en gémissant, émécha les lampes, en essuya les verres avec son mouchoir, et les alluma. Quand il eut fini, il déclara : Voilà qui est fait et qui ne sera plus à faire.

La vieille s'éblouit de la lumière des lampes. Elle baissa les yeux sur ses mains, puis les leva vers la lumière. Ses yeux brillaient comme les autres yeux, mais ils étaient sans regard. Ils allaient alternativement de ses mains à la caisse à savon. Un douanier parlait à Diana, qui n'écoutait pas, de la liaison de la bonne avec son copain. Il y avait sur la caisse des tomates farcies d'à midi, le vin, une mandarine, et le paquet de cigarettes de Ludi. La vieille regardait ça, fixement, presque distraite. Puis, ses mains. La terre et le sang les recouvraient toujours d'une crasse noire. La figure n'était pas beaucoup moins noire. Puis, la caisse à savon. C'était alors qu'on voyait que ses yeux souffraient toujours parce que l'enfant était mort. Le curé réfléchissait encore à ce qu'il pourrait bien lui dire pour l'inciter à signer la déclaration de décès. Mais le vieux prit la parole.

— Alors, dit-il tout à coup à l'épicier, après que vous avez agrandi la boutique?

— Ah! oui, dit l'épicier, alors c'est devenu tout à fait terrible. L'épicerie seule ne lui suffisait plus, expliqua-t-il aux autres, il lui a fallu avoir un rayon de charcuterie, puis un rayon de légumes. Il y avait six ans qu'on était mariés. Puis, après les légumes, il lui a fallu les cigarettes, elle ne pouvait plus s'arrêter.

La vieille avait recommencé à écouter avec des yeux d'enfant.

— Je lui disais : Pourquoi pas d'automobiles? mais elle ne riait plus de rien. Avec les cigarettes, pourtant, j'ai commencé à comprendre un petit peu, j'étais encore bien bête, qu'il devait lui manquer quelque chose dans la vie pour avoir envie de gagner tant d'argent. Alors j'ai commencé à penser qu'il lui fallait peut-être un autre homme que moi. Quand on allait au marché, je lui faisais remarquer les hommes. Regarde comme celui-là est plaisant, je lui disais. Elle ne les regardait pas, elle regardait les légumes. Alors je les regardais, moi, et je pensais que celui-là, celui-ci, lui conviendraient mieux que moi et je l'imaginais, souriante, à leur bras.

— C'est sûr, que tu l'as aimée, cette femme-là, dit Ludi.

— C'est sûr, dit Sara.

Gina écoutait très fort mais toujours avec le même air soupçonneux et réprobateur.

— Je ne sais plus, dit l'épicier. Je l'aimais pour elle, plus pour moi, alors, est-ce que c'est la bonne façon d'aimer? Je me disais : Tu vas la mettre dans les bras d'un autre homme. J'étais assoiffé d'actes pareils, de l'occasion de la plus grande gentillesse, comme je vous l'ai déjà expliqué. Je me voyais la donnant, tiens, c'est pour toi, et m'en allant tout seul, comme le héros de l'amour, rejoindre mon épicerie.

— Et après, dit Diana, et vous?

— Je m'imaginais avec une autre femme, pas seulement avec celle de mes rêves en couleur, mais avec d'autres. Un peu n'importe laquelle, vraiment, pourvu qu'elle ait aimé voyager avec moi. Ça ne me semblait pas tellement nécessaire de bien choisir. J'avais déjà eu une femme, elle. Mauvaise ou non, elle m'avait suffisamment occupé la vie pour avoir été ma femme. Alors je me serais contenté d'une qui aurait bien voulu voyager avec moi.

Voyager tout seul, non, je n'aurais pas pu.

— Je comprends, dit Ludi en regardant Gina. Il vaut mieux ne pas voyager que de voyager tout seul.

— On croit toujours qu'on pourra le faire, dit Sara, mais ce n'est pas vrai.

Jacques sourit à la lampe.

— Il se fait tard, dit Gina, s'il faut qu'on leur monte la soupe.

Ludi l'interrompit :

— C'est curieux, ça, dit-il, que tu ne voulais pas choisir à ce point.

— J'avais trop choisi celle-là, dit l'épicier. Alors je me serais contenté d'une et puis je m'y serais cantonné. D'une qui aurait eu les qualités que je voulais et je me serais contenté de l'avoir pour femme. Je pense encore que j'avais peut-être raison. Le choix, je m'en méfiais. J'ai commencé à faire un peu la cour à toutes les femmes libres du village en prévision de ma solitude, à toutes celles qui aimaient voyager et qui flânaient le plus tard sur la place de l'hôtel. Les autres, trop travailleuses, je les ai laissées. Alors, peu à peu, j'ai commencé à passer pour un coureur de femmes. Elle l'a su.

Il s'arrêta, prit une cigarette et en fuma une longue bouffée.

— Qu'est-ce qu'elle a dit? demanda Ludi.

— S'il n'a pas envie de le dire, dit Gina, fous-lui la paix.

— Oh! je peux tout dire de ma vie, dit l'épicier, je me sens comme un autre dans ma propre peau — il s'adressa aux vieux. Ce n'est pas comme ça pour vous? Comme si on était à la fois ici et là? pas seulement là où on est?

La vieille frémit comme si on l'avait frappée.

— Dans la douleur, c'est différent, dit l'épicier, ça vous rappelle qui on est comme si on vous pinçait dans le sommeil.

La vieille frémit encore. On aurait pu croire ou qu'elle était folle ou d'une timidité extrême devant les étrangers. Mais le vieux, de ce côté-là, paraissait tranquille.

— Qu'est-ce qu'elle a dit lorsqu'elle l'a su? demanda le vieux.

— Elle s'est fâchée, dit l'épicier, parce que ça portait préjudice à notre commerce. Alors je n'ai plus fait la cour à personne. Et elle, personne n'en a voulu. Ce n'est pas qu'elle était laide, non, elle était plaisante même, mais en la voyant, les hommes ne pensaient pas à l'amour. Elle n'a jamais pensé qu'elle pouvait aller avec un autre homme que moi, elle ne l'a jamais imaginé, dès qu'ils la voyaient, les hommes le savaient.

— Elle a très bien pu l'imaginer et que tu n'en saches rien, dit Gina. Qu'est-ce que tu en sais de ce qu'elle imaginait?

— Dans les yeux, ça se voit, dit l'épicier.

La vieille regardait Gina, vaguement inquiète à cause de son ton. Gina le vit et la rassura d'un sourire.

— Non, reprit-elle calmement, on ne voit pas tout dans les yeux.

Le curé paraissait un peu impatient de reprendre la parole, mais personne ne lui en laissait le loisir.

— Quand même, on voit beaucoup de choses, dit Diana.

— La patience, on ne la voit pas, dit Gina, je veux dire la longue patience pour la vie avec un homme.

— Peut-être que ça on ne le voit pas, en effet, dit Ludi un peu ébranlé.

— On peut faire de telle sorte que rien ne se voie dans les yeux, dit Sara.

— Mais laisse-les croire que non, dit Gina.

— Oui, ça vaut mieux, dit Jacques en rigolant.

— Je n'aime pas les vieux rêveurs, ils me dégoûtent, dit Gina, ils ne savent pas regarder les choses mais seulement se regarder, eux.

— Mais comment faire? il y a des vies qui rendent rêveur, dit l'épicier. Remarquez, ajouta-t-il tristement, pour ce à quoi ça sert.

Il tira une longue bouffée de cigarette.

— Mais quand même, ça sert, ajouta-t-il encore, ne serait-ce qu'à passer le temps.

— Ça sert un peu, oui, dit Ludi.

— Tu as dû beaucoup emmerder ta femme, épicier, dit Gina. — Elle parlait gentiment. — Depuis le temps que j'écoute tes histoires, j'en suis sûre.

— Eh, forcément, dit l'épicier, que je l'ai emmerdée.

— Moi, dit Gina, je sais qu'entre les promenades en bateau tous les jours de l'année, et l'épicerie, je ne saurais pas encore choisir.

— Peut-être que c'est vrai, dit Ludi, mais puisque c'est fini...

— Pour lui, tu vois bien que non, dit Gina.

La vieille recommençait à regarder la caisse à savon. Doucement, sans raison, ses larmes avaient commencé à couler. Jamais encore personne ne lui avait vu de larmes. Chacun se tut. Ce fut le vieux qui recommença à parler, tout en la regardant. Ce fut à Jacques qu'il s'adressa.

— Le plus jeune, dit-il. Il montra la caisse.

— Mais pourquoi partir encore? dit doucement Jacques.

— La maison qui attend, dit le vieux.

— C'est vrai, dit Ludi, ça compte la maison.

— Sale travail, ce déminage, dit le curé.

— Pas plus qu'un autre, dit l'épicier en regardant le curé.

— Il avait cherché à faire autre chose, dit le vieux, mais il n'avait pas trouvé depuis le service militaire.

— C'est le troisième qui saute dans la région, dit le curé.

Le vieux continua comme si le curé n'avait rien dit, et se distrayant des autres, regardant seulement sa femme.

— Et puis, il aimait ça, le déminage. Pourquoi?

Il attendit, le regard sur elle. Mais elle ne répondit rien.

— Pourquoi? on ne sait pas. De se promener peut-être, comme ça, tout seul, sur les bords de mer. Ce qu'il y a, c'est qu'à force, on ne doit plus y croire aux mines, on ne doit plus avoir peur. A force. On ne peut pas tout le temps, tout le temps faire attention à la même chose.

C'était la première fois que le vieux parlait tant. On aurait dit qu'il avait un peu bu. Et peut-être qu'il avait un peu bu, avec l'épicier, dans l'après-midi.

— Mais c'est pas des métiers, continua le vieux. Je lui disais pour le dégoûter que c'étaient des métiers de vagabond, mais lui, il s'en fichait. Les enfants... Depuis deux ans qu'il le faisait, on peut dire qu'on n'a jamais été tranquilles.

La vieille l'écoutait mais ne répondait toujours pas. Il se fit un silence.

— Quand même, gémit le vieux, que de souffrances.

Il baissa les yeux, lui aussi près des larmes tout à coup.

— Je reviendrai demain après ma messe, dit le curé. Essayez de la raisonner.

— Non, dit l'épicier. Demain ils l'auront signée. Ne te dérange pas. Le douanier chef l'apportera à huit heures.

— Je reviendrai quand même, dit le curé.

— Quand il y a un mort, ils se croient obligés, dit l'épicier. Tu ne viendras pas, Alphonse. Personne, ici, n'y croit plus.

Le curé s'en alla. On ne lui dit pas au revoir. On l'oublia.

La bonne de Gina arriva avec une marmite et des assiettes.

— Vous ne veniez pas, dit-elle, alors je suis venue.

— C'est de la soupe, dit Gina, il faut la manger vite parce qu'elle va refroidir.

— Merci, dit le vieux.

— Mange avec eux, dit Gina à l'épicier. Je ne vois pas pourquoi je te nourris, mais je te nourris. Cherche pas à comprendre.

— Je ne cherche pas, dit l'épicier. Depuis que j'ai compris, je cherche de moins en moins à comprendre.

— C'est très bien, dit Jacques.

Les deux jeunes douaniers regardaient la soupe fumer en bâillant comme des chats.

— Si vous avez faim, leur dit Gina, vous n'avez qu'à descendre à votre cantine.

La bonne de Gina commença à servir la soupe. Mais personne encore ne mangea.

— Je voudrais bien réussir à aller les voir cet hiver, dit l'épicier, pensif.

— Rien ne t'en empêche, dit Ludi. Tu fermes la boutique et tu t'en vas.

— Je leur rappellerais de mauvais souvenirs, dit l'épicier. Je n'oserai jamais.

— Non, dit le vieux, il faut venir. Le village donne à la fois sur la mer et sur la montagne. Un peu comme ici, sauf le fleuve.

La vieille fit signe que non, qu'il n'était pas comme celui-ci.

— Pas tout à fait, reprit le vieux, non, mais quand même il y a la mer, la montagne aussi.

— C'est moins chaud, dit la vieille.

— Pour ça oui, dit le vieux. Il y a le vent de la plaine tout le temps, nuit et jour.

— Mais qu'est-ce que j'y ferai? demanda l'épicier, toute la journée, qu'est-ce que je pourrai bien y faire?

— Tu te promèneras, dit Ludi. Et puis, tu trouveras bien quoi faire, je suis tranquille.

— Qui sait? Peut-être que j'irai...

— La maison est en bas, dit le vieux, au bord de la mer. Elle donne sur la place.

— Je pourrais toujours essayer de venir, dit l'épicier. C'est très près par le car. Une heure.

— C'est difficile de changer sa vie, dit Ludi. Rien au monde n'est plus difficile.

— C'est ceux qui se plaignent le plus de leur vie qui en changent le moins volontiers, dit Gina, c'est connu.

— Mais c'est un petit voyage, dit le vieux.

— Il faut manger cette soupe, dit Gina.

— Au fait, dit Ludi, et ces pâtes aux vongole, comment elles étaient?

— Magnifique, dit l'épicier. Elle en a bien mangé. Elle a dit que c'était bon.

Il se tourna vers la vieille qui avait repris un air de vivante, tout à coup, en entendant parler de vongole.

— Je voulais vous demander, dit-elle tout à coup, les vongole, vous les faites cuire avant ou après la tomate?

C'était la première fois, depuis que l'enfant était mort, qu'elle parlait de cette façon presque dégagée. Gina frémit de la tête aux pieds.

— C'est-à-dire, dit-elle. D'abord, les vongole, oui, bien une heure avant... Après, les tomates, après seulement, et ensemble, encore bien une heure.

— Et aussi, vous y mettez un petit brin de céleri, dit la bonne de Gina.

Gina paraissait épuisée et ne dit rien.

— C'est ça, dit la vieille, c'est ce céleri.

— C'est un légume magnifique, le céleri, dit Ludi — sa voix tremblait. Mais est-ce que tu ne mets pas autre chose, Gina?

— Je ne crois pas, dit Gina.

— C'est aussi de les faire cuire bien avant, dit la vieille.

— C'est ça, dit Gina, l'eau s'en va.

— Oui, dit la vieille.

Gina se leva et dit à l'épicier :

— Occupe-toi d'eux. Tu les serviras. Il faut qu'on rentre. Au revoir.

— Merci, dit le vieux.

La vieille le dit aussi, très faiblement.

Sur le chemin du retour, tout à coup, Gina se mit à pleurer. Ludi ne lui demanda pas pourquoi. Il l'enlaça et ils descendirent ainsi jusqu'à l'hôtel très lentement, et en arrière de tous les autres, comme des amants.

Jacques commanda des bitter campari pour tout le monde, mais sans entrain. Ce soir-là, Gina accepta d'en boire un. Ce fut Ludi qui fit remarquer que le type n'était pas là, et que c'était curieux étant donné l'heure. Plusieurs clients mangeaient déjà.

— Il faut aller le chercher dans sa chambre, dit Ludi, qu'il vienne boire l'apéritif avec nous. Peut-être qu'il est fâché.

— Jacques pourrait aller le chercher, dit Diana.

— Il descendra bien dîner, dit Jacques, ce n'est pas la peine.

— Quand même, dit Ludi, moi je vais aller le chercher.

Il monta dans l'hôtel. Pendant qu'il fut absent tout à coup, Gina dit :

— Je voudrais bien qu'il arrive à aller tout seul en Amérique. Que je le voudrais, mon Dieu.

— Il y arrivera, dit Sara.

Gina leva sur elle des yeux agrandis d'étonnement et d'attente, mais Sara ne dit rien de plus. Jacques écoutait à peine, absent.

— Tu dis ça, dit Gina, mais tu n'y crois pas, qu'il ira seul.

— J'en suis aussi sûre que si c'était fait, dit Sara. Il ne faut plus que tu t'en fasses pour ce voyage.

Gina prit Diana à témoin et sourit.

— Elle est méchante, la petite, dit-elle, mais ça me plaît.

— Peut-être, dit Diana, sans sourire, mais il faudrait savoir ce que tu veux à la fin.

Gina avala son bitter campari, toujours avec le même sourire.

— T'en fais pas pour ce que je veux et ce que je veux pas, dit-elle. Surtout toi.

Ludi et l'homme apparurent. Ils bavardaient comme des camarades.

— Je m'excuse de ne pas être allé dans la montagne avec vous, dit l'homme. Je suis très fatigué.

Il était aussi grand que Ludi, mais plus fragile. Il portait la même chemise blanche que chaque soir.

— Ça arrive, dit Gina — elle avait l'air tout à coup d'humeur à parler — la chaleur, et les premiers bains font souvent cet effet.

— Et les nuits sont si lourdes, dit Diana, qu'elles ne sont pas reposantes.

L'homme regarda du côté de Diana. Un mince sourire dansa dans ses yeux.

— C'est vrai, dit-il, les nuits sont étouffantes.

Gina commanda un autre bitter campari et Ludi en parut heureux. Jacques en prit un troisième. Tout d'un coup, après l'avoir bu, il s'étira, comme au sortir du sommeil et il reparla d'un petit voyage de quelques jours qu'il aurait aimé faire.

— Mais qu'est-ce que vous avez tous à vouloir toujours bouger? dit Gina.

Personne ne releva.

— Il faudrait songer à manger, dit Diana.

Quelques clients se mettaient à table. La bonne qui faisait les cent pas devant l'hôtel arriva aussitôt que Diana parla de dîner. Elle tenait l'enfant à la main. L'enfant bâillait. Il s'échappa des mains de la bonne et grimpa sur les balustrades de la terrasse.

— Alors qu'est-ce que j'en fais, je le rentre?

— Je veux manger chez Ludi, dit l'enfant.

— Moi aussi, dit Ludi, je voudrais bien l'avoir ce soir.

— C'est vrai qu'à l'hôtel on mange si mal, dit Sara. Vous le rentrerez après.

— Et moi? dit la bonne, où c'est que je mange?

— Chez moi, dit Gina. Il y a assez pour vous.

— Alors, ça tient toujours pour ce soir? demanda la bonne. Vous sortez?

L'homme ne broncha pas. Jacques eut un frémissement de tout le visage, aussitôt réprimé. La bonne attendait une réponse, l'air toujours également excédé.

— Je ne sais pas, dit Sara.

— J'en étais sûre, dit la bonne, faudrait quand même savoir ce que vous voulez.

— Je vous le dirai tout à l'heure, dit Sara.

— C'est pas ça, dit la bonne, mais ce matin vous disiez que vous sortiez et voilà que maintenant...

— Mais je vais probablement rentrer, dit Sara.

— Il y a de l'abus, dit la bonne.

Jacques fixait la bonne. Tout à coup il dit :

— Tout le monde peut changer d'avis. Vous verrez bien ce qu'elle fera.

La bonne prit l'enfant par la main, haussa les épaules et s'en alla chez Ludi. Elle n'avait pas fait dix mètres qu'elle revint sur ses pas.

— Si jamais ça vous prenait de changer encore d'avis, dit-elle, vous pouvez toujours me le faire dire chez Mme Ludi.

— Entendu, dit Sara.

— Ce soir, je serais bien allée me promener en bateau, dit légèrement Diana.

— La nuit, ces temps-ci, il y a un peu de houle, dit l'homme, mais enfin, si peu...

— Tiens, dit Jacques, je croyais que tu en avais assez des plaisirs de la mer.

Les autres avaient déjà commencé à reparler de ces vacances qui n'étaient pas, décidément réussies, et des remèdes à y apporter.

— Moi, dit Ludi, je crois que le mal vient de ce qu'on fait tout trop tard, on dîne trop tard, on joue aux boules trop tard. Alors le matin on ne peut pas se lever et on se baigne trop tard et tout ça recommence...

— Sans doute, dit évasivement Diana, mais qu'est-ce qu'on ne fait pas trop tard dans la vie? Qu'est-ce que ça veut dire se lever à l'heure?

— On va commencer par dîner tôt ce soir, déclara Gina, pour commencer l'ère nouvelle. Si tu le veux bien, dit-elle à Ludi.

Ils s'en allèrent. Beaucoup de clients avaient déjà commencé à manger. L'homme était seul à sa table comme d'habitude, à côté d'eux. Encore une fois, il y avait au menu du bouillon et du poisson grillé. Ils avalèrent le bouillon en silence. Jacques aussi. Et l'homme, aussi. Puis, les poissons grillés arrivèrent. Jacques les regarda longuement, puis il prit le plat et le posa sur le bord de la table.

— Cette fois, non, dit-il. C'est fini. Je ne peux plus.

— Moi non plus, dit Diana.

Jacques reprit le plat et le souleva de dessus la table. Ses mains tremblaient. Il appela le patron de l'hôtel.

— Ce n'est pas la peine de le jeter par terre, dit Sara.

— C'est vrai, dit Jacques.

Le patron arriva. C'était un homme énorme, hébété.

— Vous pouvez reprendre vos poissons, dit Jacques. Je ne peux plus les manger.

— Il y a des escalopes et des œufs, dit hâtivement le patron, si vous voulez.

— Des escalopes et des œufs, dit Jacques. Les deux.

Le patron s'en alla avec les poissons, puis au milieu de la tonnelle, il revint sur ses pas.

— J'oublie de dire que les suppléments, c'est le double du prix du menu.

— Même le triple, dit Jacques en riant enfin, ça m'est égal.

L'homme non plus n'avait pas touché aux poissons. Il attendit tout en fumant que le patron ait rapporté ceux de la table de Jacques à la cuisine, puis, à son tour, il l'appela.

— Excusez-moi, dit-il, mais... vraiment, moi non plus je ne peux plus manger ces poissons. Je veux à la place des escalopes et des œufs.

— Les deux?

— Oui. Quel que soit le supplément.

Jacques se retourna. Ils se sourirent. Les autres clients, eux, avaient déjà mangé leur poisson. Le patron les prit à témoin avec une certaine timidité.

— Quand on vient à la mer, est-ce que ce n'est pas pour manger du poisson, du bon poisson tout frais? Je ne comprends rien aux clients de cette année.

— A la mer ou pas, dit un client, c'est vrai que personne ne peut manger du poisson tous les jours. On en a tous assez.

Le patron fila vers les cuisines. Alors Jacques se retourna vers l'homme et il rit.

— La patience a des limites, dit-il.

— Oui, dit l'homme.

Ils se mirent à rire beaucoup. Et également Diana. Elle se pencha vers Sara et lui dit :

— C'est curieux comme tout le monde encaisse ce menu sans broncher. Bravo, Jaçques.

— Il fallait de l'imagination, tu vois, dit Jacques.

Tous les clients de l'hôtel se mirent dès lors à parler de ce mauvais patron, de ce mauvais hôtel. Mais tous étaient d'accord sur ces points. On changea vite de sujet de conversation. On parla d'autre chose. C est-à-dire de ces mauvaises vacances. De la chaleur. D'anciennes vacances, de prochaines que l'on se promettait meilleures. Des différents mérites de la montagne et de la mer, du froid et de la chaleur, soit pour les grands, soit pour les enfants. Chacun connaissait un endroit extraordinaire où passer de bonnes vacances, mais personne ne dit pourquoi il n'y était pas allé. En somme, tous trouvaient naturel d'être revenus ou de rester dans cet endroit-ci. Diana fit des différences entre les bonnes vacances et les vacances ennuyeuses. Ces vacances-ci étaient-elles ennuyeuses ou seulement désagréables? Elles étaient plutôt désagréables, pas proprement ennuyeuses, en convint la plupart des gens, excepté une femme qui les trouvait ennuyeuses. Sur la chaleur, il fut dit qu'elle était si dure, qu'on pouvait si mal y échapper qu'elle pouvait, à elle seule, occuper tout votre temps. Ainsi, la chaleur à elle seule pouvait tenir lieu d'occupation. Et c'était déjà ça. La chaleur et le froid étaient des choses très différentes. La chaleur était liée à l'idée de vacances, pas le froid. La tristesse de la chaleur, l'angoisse du soleil, comme disait Diana, était sans doute plus rarement ressentie que celle du froid, mais elle était plus éprouvante. Pourtant la chaleur ne disposait pas au travail mais au loisir total, tandis que le froid était apparemment plus fécond, il incitait à l'action. Les idées levaient l'hiver chez les hommes. Mais l'été, la véritable nature des gens apparaissait bien mieux. Les conduites des hommes étaient bien plus significatives l'été que l'hiver. Enfin on pouvait le croire. Sous le soleil, les caractères s'ouvraient et se faisaient voir. Chacun avait un avis sur la nature des vacances. Quelques-uns ne croyaient pas à leur nécessité dans l'existence. D'autres les trouvaient indispensables. Les villes fatiguent les nerfs des hommes. Là-dessus tout le monde était d'accord :

l'existence était universellement dure. Il fut question des villes respectives où l'on passait cette existence, de celles où on aurait aimé la passer, des capitales, des villes de province, des grandes villes internationales, de leurs différents mérites et de leurs inconvénients. Chacun parla de sa ville avec une évidente nostalgie, un peu comme d'un exil. Si dure qu'elle eût été, chacun tenait à la forme qu'il avait donnée à son existence et était prêt à la justifier comme étant la moins mauvaise.

Le groupe de l'homme, de Jacques, de Diana et de Sara parla très peu. Mais à part l'incident du menu soulevé par Jacques, le dîner fut calme, habituel. Gina et Ludi rentrèrent très vite de dîner. La conversation ne s'arrêta pas pour autant. Ludi s'y mêla immédiatement. Il dit que lui il aurait voulu vivre dans une grande capitale internationale, que c'était le rêve de sa vie. Gina dit qu'elle détestait ce genre de propos parce qu'ils ne menaient en général à rien, que ce qui était plus urgent c'était la partie de boules, elle en mourait d'envie. Les autres acquiescèrent sans beaucoup de hâte. Les changements d'humeur de Gina, que beaucoup trouvaient arbitraires, indisposaient pas mal de gens. Comme il était question de boules, les bals commencèrent, à quelques minutes d'intervalle, de chaque côté du fleuve. Ce bal-ci, le plus proche, joua *Blue Moon*, l'autre un air inconnu. L'homme regarda Sara comme un voleur. Tout le monde se leva de table. L'homme seul resta assis. Jacques hésita et s'avança vers lui. L'homme resta assis.

— Vous ne venez pas jouer aux boules?

Ils se regardèrent de très près.

— Je suis fatigué, dit l'homme, et je n'en ai pas envie.

— Le mieux, c'est de vous coucher, dit Gina. Les premiers jours c'est comme ça, demain ça ira mieux.

— J'aimerais bien que vous veniez, dit Ludi, mais si vous êtes fatigué...

— Moi aussi, dit Jacques. On aurait pu croire son ton gentil.

Diana épiait Jacques.

— Il doit suffisamment savoir le plaisir qu'il nous ferait en venant, dit Diana pour qu'on n'ait pas à insister davantage.

— Excusez-moi, dit l'homme à Jacques, mais il y a aussi que je vais au bal de l'autre côté du fleuve.

— C'est une idée ça, dit Ludi. Il se força à rire. Les filles sont plus belles à ce bal-là que par ici, ça c'est sûr, je ne sais pas pourquoi...

— Alors, dit Jacques, inutile d'insister?

— Excusez-moi, dit l'homme. Il ajouta : Et puis je dois me lever tôt demain. Je voulais vous dire que je vais, moi aussi, faire un petit voyage de quelques jours.

Il y eut un petit silence. Jacques était toujours planté devant l'homme.

— C'est dommage, dit enfin Ludi, que ça ne vous plaise pas à vous aussi cet endroit.

— Je reviendrai dans quelques jours prendre mon bateau. Je peux vous le laisser si vous voulez. — Il sourit à Ludi. — Je vous apprendrai la manœuvre.

— Non, dit Ludi, ce qui me plaît c'est d'aller plusieurs en bateau, pas seul.

— Moi, même seule, je crois que ça me plairait, dit Gina.

Ludi parut ne pas entendre.

— Même pour le dernier soir vous ne voulez pas venir? demanda Jacques.

— Non, dit l'homme. Excusez-moi.

Le groupe s'éparpilla sur le chemin des boules. Jacques partit tout seul devant tout le monde. Diana l'appela et il alla vers elle. Sara marcha seule pendant un petit moment. Puis Ludi aussi subrepticement qu'un chat arriva à sa hauteur.

— Tu m'en veux encore, dit-il doucement.

— D'avoir dit que j'étais méchante?

— Oui.

— Et sans plus de curiosité?

— Oui. J'ai dit cela dans la colère. Jacques m'a dit qu'il te l'avait répété, lui aussi dans la colère. Je le regrette beaucoup.

— Non, dit Sara. Je t'en ai voulu quelques jours tout en comprenant que tu avais raison. Maintenant je ne t'en veux plus.

— Pourquoi tu me dis ça que j'avais raison? Alors tu es encore en colère?

— Non, parce que c'est vrai que je suis un peu méchante. C'est des choses qu'on sait.

— C'est vrai, dit pensivement Ludi, que tu es un peu méchante. Mais qui ne l'est pas? Moi je le suis. Jacques l'est aussi.

— Je suis plus méchante que Jacques.

— Comme Gina?

— Je ne sais pas.

— Pourquoi qu'on est tous méchants comme ça?

Sara ne répondit pas.

— Tu sais, reprit Ludi, c'est peut-être bien l'amour à la longue qui rend méchant comme ça. Les prisons en or des grandes amours. Il n'y a rien qui enferme plus que l'amour. Et d'être enfermé à la longue, ça rend méchant, même les meilleurs.

— Ça doit être ça, dit Sara. Elle ajouta après un temps : Mais il faut que tu m'aimes quand même puisque je le sais que je suis méchante.

— Ma petite fille. Ludi la serra contre lui. Je t'aimerai toujours.

— Ça serait terrible, dit Sara, si tu ne m'aimais plus.

— Je vous aimerai toujours, toi et Jacques. Toute ma vie. Je vous aime tellement qu'il me semble quelquefois que c'est à partir de vous que j'ai découvert l'amitié. Il ajouta, toujours pensif : Et toujours, à partir de vous, je trouve que les gens qui n'ont pas d'amis, comme nous sommes, ce sont des espèces d'infirmes.

Ils continuèrent à marcher.

— Ça m'embête ces histoires de méchanceté, continua Ludi. Comment faire autrement?

— Peut-être qu'il n'y a rien à faire, dit Sara.

Il ne dit plus rien là-dessus. Sur un autre ton, elle lui demanda :

— Tu as vu Gina comme elle est contente ce soir?

— J'ai vu.

— Oh! que je voudrais qu'elle change, qu'elle soit toujours comme ça.

— Qui sait? dit Ludi. — Il réfléchit. — Dis-moi, tu la condamnes Gina?

— Oui. Mais je la défendrais contre le monde entier.

— Je sais, dit Ludi. Je suis comme ça aussi pour Gina. Mais peut-être que je suis un peu méchant avec elle.

Le cours des pensées de Ludi changea.

— Dis-moi, je trouve que ce type a changé avec nous. Il dit qu'il est fatigué et il parle d'aller au bal de l'autre côté du fleuve, alors pourquoi dit-il qu'il est fatigué?

— On peut être fatigué d'une chose, sans aller se coucher pour cela.

— Quand même, dit Ludi, ça m'embêterait s'il nous en voulait. Peut-être que Jacques a raison, que c'est un type un peu, comment dire? un peu différent de nous, peut-être un type qui se pose pas tellement de problèmes politiques et autres. Mais je le trouve quand même très gentil et il me changeait des autres, il me plaisait.

— C'est vrai, dit Sara, qu'il changeait un peu des autres.

Ludi regarda furtivement de son côté.

— Il est un peu sévère, Jacques, sur les gens. Avec lui je trouve qu'il l'a été.

— Mais je crois que maintenant il lui plaît assez à lui aussi.

— En tout cas, maintenant ils se parlent, sur un drôle de ton peut-être, mais ils se parlent.

— C'est vrai.

— Toi, tu t'entends bien avec ce type, dit Ludi.

— Oui.

Ludi ajouta, sur le ton léger :

— Je trouve que tu t'entends mieux avec les gens que Jacques, que tu es... je ne sais pas dire... peut-être moins difficile que lui.

— Des choses qui arrivent, dit Sara, mais c'est pas toujours vrai.

Ils s'arrêtèrent le temps de prendre une cigarette et de l'allumer.

— Quand tu es triste, je n'aime pas ça, dit Ludi.

— J'aurais eu envie de te parler.

— Non, ne me parle pas, dit Ludi.

Il marcha un peu plus vite tout à coup, puis il s'arrêta et prit le bras de Sara.

— Ma petite Sara, dit-il. Essaie de ne pas être triste.

— Je ne suis pas triste.

— Peut-être il faudrait que tu partes faire ce voyage, avec Jacques et Diana.

— Peut-être.

Il se mit à marcher, tête baissée. Il avait eu pour Gina un unique et exclusif amour. La divergence, les contradictions des désirs humains le bouleversaient toujours.

— Je voulais te dire quelque chose... — il parlait avec peine, lentement — que ce que tu m'as dit hier soir, je ne sais pas pourquoi, ça m'a fait un peu peur. J'y ai repensé et ça m'a fait un peu peur.

— Quoi?

— Les choses que tu disais sur la parole, l'amertume. Quand tu disais qu'on pouvait faire des choses qui vous font le même effet que la parole et qui vous délivrent tout pareil de l'amertume et de la méchanceté, tu sais bien?

— Des façons de parler, il ne faut pas avoir peur.

Ils marchèrent encore un peu. Ludi lui serra le bras un peu plus fort.

— Je voulais te dire encore autre chose... que moi, par exemple, je donnerais beaucoup de gens, mille types... pour éviter une souffrance à Jacques. Je tenais à te le dire. C'est ma saloperie à moi.

Il attendit un moment.

— Et toi tu les donnerais? demanda-t-il.

— Bien sûr, dit Sara.

Ils arrivèrent. Comme la veille, les groupes

s'organisèrent avec ardeur. Comme la veille, Sara refusa de jouer et cela parut naturel à la plupart des gens. Gina prit Jacques dans son équipe. Diana aussi. Ni Diana, ni Jacques n'avaient beaucoup envie de jouer mais ils acceptèrent quand même.

Ce fut Jacques qui tira le premier. Il fut seul sur la piste, en train de viser, son beau visage ravagé d'ombres. A lui, la chaleur convenait. C'était la peine d'être venu dans cet endroit. Il parut à Sara qu'il y avait très longtemps qu'ils ne s'étaient pas parlé.

Elle attendit longtemps, le temps que jouent tous les autres joueurs, et que Jacques joue de nouveau pour s'en aller. Jacques joua. Diana et Gina, de chaque côté de lui, surveillaient son tir. Leur équipe perdait. Jacques tira et délogea trois des boules de l'adversaire, de Ludi. Diana et Gina poussèrent des cris de joie. Il restait deux boules à Jacques. Sara se leva du banc et sortit de l'enclos. Lorsqu'elle fut dans le chemin et qu'elle se retourna, elle vit Jacques, ses boules à la main, qui regardait le banc vide. Mais Gina le houspilla pour qu'il joue encore. Il joua. Il n'y eut que Ludi qui regardait encore le banc.

Le passeur était là, allongé dans sa barque. Il parlait avec les deux jeunes gens qui la veille, s'étaient plaints de ce que les bals aient cessé.

— Vous voyez bien, dit le passeur, qu'ils ont fini par recommencer.

— Si à chaque homme qui meurt dans le village il fallait faire cesser les bals, dit l'un des jeunes gens.

Le passeur expliqua que ce n'était pas n'importe quelle mort que celle-là, que ce jeune homme avait été une victime lointaine, certes, mais réelle de la guerre, et que c'était à ce titre que la commune avait observé le deuil. Puis les deux jeunes gens questionnèrent le passeur sur le bal de l'autre côté du fleuve. Est-ce qu'il y avait beaucoup de jeunes filles de l'autre côté?

— On le dit, dit le passeur. On dit que c'est plus gai, plus fréquenté.

— Et pour la musique?

— Vous l'entendez d'ici, dit le passeur, c'est un peu la même chose, non?

Ils se laissèrent convaincre.

— Et vous, vous passez? demanda le passeur à Sara.

— Non, dit Sara, c'est trop tard.

— Vous n'y allez jamais à ce bal-là, d'après ce que j'ai remarqué.

— C'est qu'on n'y pense pas, dit Sara.

Ils s'en allèrent. Elle descendit le long de la rive. Là-haut, dans la montagne, les lampes tempête ne brillaient plus. Ils devaient dormir — leur dernière nuit avant d'emporter leur fils mort. La vieille, elle, ne devait pas dormir, ou dormir comme une mouche, à la surface de sa douleur, dans l'odeur âcre de l'incendie, au milieu de la pierraille noire de l'explosion. On ne pouvait imaginer cette vieille, elle était au-delà de toute imagination. Tout autour d'elle, le monde allait à un train habituel. Les rives du fleuve étaient désertes. Les uns étaient au bal. Les autres se promenaient en barque pour profiter mieux de la fraîcheur des nuits. Dans la montagne, le feu avait encore gagné. Ses lueurs, par endroits, ensanglantaient la surface lisse de l'eau. On ne parlait que de ça dans le village. Ce fleuve était incontestablement admirable. La réverbération de la mer l'éclairait tout entier, jusqu'à ses premiers tournants, au loin, et il brillait comme un orient sauvage. C'était un bel endroit, au fond, et qui en valait bien d'autres pour passer ses vacances. Mais l'été était trop dur. Sur l'autre rive, la plaine se gorgeait, elle aussi, de la fraîcheur des nuits, toute à sa fructification impudente. La ligne blanche de la plage la cernait à l'ouest. La masse compacte des champs de maïs ne s'en distinguait plus.

Jacques arriva avant le retour du passeur. Il ne la vit pas immédiatement. Il alla sur le ponton et, à son tour, il regarda ces champs de maïs au bord de la mer.

Elle remonta de la rive où elle était descendue et elle vint vers lui. Il sursauta comme quelqu'un d'épouvanté.

— Bonsoir, dit-il.

— Bonsoir.

— Tu attends le passeur?

— Non, je n'attends pas le passeur, j'attends un peu avant de rentrer à la maison.

Il s'assit par terre sur le chemin. Elle vit, à la lueur du réverbère, qu'il fermait les yeux. Elle s'éloigna d'un pas, se tourna une nouvelle fois vers le fleuve. Il se releva et vint vers elle.

— Ce n'était pas si grave, dit-elle. Des vacances que je voulais prendre de toi.

— Je sais. Tu es libre de les prendre.

Ils regardèrent tous les deux vers le fleuve, sans se dire un mot. Le passeur revenait déjà.

— Tu es libre de les prendre, répéta-t-il.

Sur le chemin, Ludi arrivait toujours comme un chat.

— Si tu veux, dit-elle, on peut aller à Paestum.

— Si tu veux, dit-il après un temps.

— On pourrait y aller aussi avec Ludi, dit-elle.

Ludi arriva près d'eux.

— Bonsoir, dit-il. Il ajouta : Je ne sais pas pourquoi, les boules ça m'ennuie ce soir.

— On parlait d'un petit voyage qu'on pourrait faire à Paestum, dit Sara.

— C'est très beau, Paestum, dit Ludi.

— Tu pourrais venir avec nous, dit Jacques. On s'arrêterait à Tarquinia.

Sara reconnaissait mal la voix de Jacques. Il parlait d'un ton harassé.

— C'est une bonne idée Tarquinia, dit Ludi. Vous allez voir ces petits chevaux des tombes étrusques. Ils sont beaux comme je ne sais pas quoi.

— Tu pourrais nous les montrer, dit Jacques.

Ludi se gratta la tête.

— Je n'ai pas trop envie de voyager en ce moment, dit-il, c'est dommage pour ces petits chevaux-là, j'aurais bien aimé de vous les montrer. Quelquefois, les guides ils ne les montrent pas parce que la tombe elle est loin de la ville, alors.

— Mais on peut emmener Gina, dit Jacques, il y a la place dans l'auto.

— Elle ne voudra jamais, dit Ludi en hochant la tête, jamais, tu ne la connais pas... elle dira n'importe quoi, elle trouvera bien pourquoi ne pas venir.

— Moi je pourrais lui parler, dit Jacques.

— Non, dit Ludi. Pourtant j'aurais bien aimé de les voir avec elle aussi. Il ne faut pas que j'y pense. Il faut que je cesse de penser que je pourrais voir les choses avec elle, que je pense seulement aux choses que je pourrais voir, mais sans elle à côté de moi. Je crois qu'il faut que j'y arrive.

Le passeur arriva sans qu'ils aient rien à se dire d'autre sur Tarquinia. Deux jeunes femmes descendirent de la barque, très gaies.

— On pourra quand même en reparler, dit Jacques, même avec Gina.

— Si tu veux, dit Ludi, on peut toujours en parler. Il s'adressa à Sara : Viens jouer aux boules avec nous.

— Laisse-la rentrer à la maison, dit Jacques.

Elle fit quelques pas avec eux jusqu'au platane mort, dont on prétendait, dans les mauvais jours, que ce n'était pas seulement le macadam qui l'avait tué.

— Il faut que je rentre, dit-elle, il n'y a pas de raison...

Ludi hésita et dit à Jacques :

— Je reste un petit moment avec elle, puis je te rejoins aux boules.

— Je n'ai pas très envie de jouer non plus, dit Jacques.

— Alors, on pourrait boire un petit verre, dit Ludi, tous les trois comme ça.

— Si tu veux, dit Jacques.

— Je ne peux pas, dit Sara. Je voulais dire quelque chose à Ludi. Qu'il y a ce type qui m'attend au café de l'autre côté du fleuve et qu'il aille lui dire que ce n'est pas la peine qu'il m'attende.

Ludi ne répondit pas. Tête baissée, il fixait le chemin.

— Il faut être poli avec ce type, dit Jacques.

Ludi ne répondit toujours pas, ne leva même pas la tête.

— Vas-y, dit Jacques, je vous attends à l'hôtel.

— Moi je rentre, dit Sara.

Jacques alla sous la tonnelle de l'hôtel. Sara resta seule avec Ludi.

— Tu veux que j'y aille, vraiment?

— Il n'y a pas de raison pour que tu n'y ailles pas.

— Je ne saurai jamais lui expliquer.

— Tu n'as jamais besoin de t'expliquer, on te regarde et on comprend.

— Tu avais très envie de le retrouver?

— Ce n'est pas si grave, je le connais même pas.

— Je vais y aller, dit Ludi.

Il s'engagea d'un pas sur le ponton et il revint vers elle.

— Il n'y a pas de vacances à l'amour, dit-il, ça n'existe pas. L'amour, il faut le vivre complètement avec son ennui et tout, il n'y a pas de vacances possibles à ça.

Il parlait sans la regarder, face au fleuve.

— Et c'est ça l'amour. S'y soustraire, on ne peut pas. Comme à la vie, avec sa beauté, sa merde et son ennui.

Le passeur attendait patiemment. Ludi était son seul client.

— Si vous vous arrêtez à Tarquinia, continua Ludi, je crois que je vais quand même aller avec vous. Il ajouta, de mauvaise foi : Parce que les guides, ils sont paresseux, et ils ne vous montreront pas les petits chevaux. Si vous ne devez pas les voir, alors ce n'est pas la peine d'y aller.

— Peut-être que Gina viendra avec nous, dit Sara.

— Peut-être. Mais il ne faut pas trop la forcer à venir.

— Non, il ne faudra pas.

— Elle aussi, elle a droit à sa méchanceté, tu comprends.

— Je comprends.

— Mais je lui ai tellement parlé de ces petits chevaux que peut-être elle viendra quand même.

— Je lui demanderai demain matin à la plage, dit Sara.

— C'est ça, dit Ludi — il ajouta doucement — et maintenant je vais aller voir ce type... Toi... tu vas rentrer?

— Je rentre.

— Oui, dit Ludi.

Ludi sauta dans la barque. Sara resta un moment là, à regarder Jacques qui buvait un campari, seul, sous la tonnelle de l'hôtel, puis elle s'en alla.

La bonne était déjà couchée, mais elle ne dormait pas encore.

— Ça alors, je m'en doutais, dit-elle en voyant Sara.

Elle s'assit au bord de son lit et alluma une cigarette. La bonne s'étonna un peu sans rien en dire.

— Vous savez bien ce que c'est, dit Sara. Le matin, on a envie d'une chose, d'aller au bal, puis le soir... Des choses qui vous arrivent.

— Je comprends, dit la bonne.

— Au fait, dit Sara, vous savez qu'ils partent demain matin?

— Elle a signé?

— Tout arrive, elle a signé.

— La pauvre, dit la bonne. C'est terrible ces choses-là. Mais voyez, il vaut mieux qui s'en aillent, à la fin, ça vous empêchait de respirer, on y pensait... même hier soir au bal, tout le monde y pensait.

Elle se leva et commença à se coiffer. Sara, assise sur le bord de son lit, la regardait faire.

— Qu'est-ce qu'il va être content, dit-elle en se souriant dans la glace.

Elle courut s'habiller dans la salle de bains. Sara alla voir l'enfant. Une fois de plus, la fenêtre était fermée. Elle l'ouvrit et revint vers l'enfant. Elle se coucha au pied du lit, sur les dalles fraîches de la chambre. Et là elle recommença à lui parler d'autres vacances, faites de nuits fraîches et de vent. Elle espérait que cette nuit-là, la pluie arriverait, et elle s'endormit très tard, dans cet espoir.

DU MÊME AUTEUR

Aux Éditions Gallimard

LA VIE TRANQUILLE.

UN BARRAGE CONTRE LE PACIFIQUE.

LE MARIN DE GIBRALTAR.

LES PETITS CHEVAUX DE TARQUINIA.

DES JOURNÉES ENTIÈRES DANS LES ARBRES.

LE SQUARE.

DIX HEURES ET DEMIE DU SOIR EN ÉTÉ.

L'APRÈS-MIDI DE MONSIEUR ANDESMAS.

LE RAVISSEMENT DE LOL V. STEIN.

LE VICE-CONSUL.

L'AMANTE ANGLAISE.

ABAHN SABANA DAVID.

L'AMOUR.

Théâtre :

LES VIADUCS DE LA SEINE-ET-OISE.

THÉÂTRE I : Les eaux et forêts – Le square – La musica.

THÉÂTRE II : Suzanna Andler – Des journées entières dans les arbres – Yes, peut-être – Le shaga – Un homme est venu me voir.

Scénarios :

HIROSHIMA MON AMOUR.

UNE AUSSI LONGUE ABSENCE. (En collaboration avec Gérard Jarlot.)

NATHALIE GRANGER, *suivi de* LA FEMME DU GANGE. INDIA SONG.

A la librairie Plon

LES IMPUDENTS.

Aux Éditions de Minuit

MODERATO CANTABILE.
DÉTRUIRE, DIT-ELLE.
L'AMANT

Impression Société Nouvelle Firmin-Didot
le 02 août 1994.
Dépôt légal : août 1994.
1er dépôt légal dans la même collection : juillet 1973.
Numéro d'imprimeur : 27792.
ISBN 2-07-036187-X/Imprimé en France.

69774